前　　言

感恩，是心灵里开出的一株花，“感”是茎叶，“恩”是花朵。人人心存感恩，心灵便百花满园，世间便处处花香。

感恩父母，给了我们奇妙无比的生命，从呱呱坠地到走向成熟，伴随着父爱和母爱的阳光雨露。父爱，似一坛陈年老酒，历久弥香，醇厚绵长。母爱，似一首江南吴歌，柔和婉润，萦绕心田。感恩父母，让我们拥有绚丽多彩的人生，在泪水中映照欢笑，在挫折时拥有勇气，在成功后继续前行。

感恩老师，给予我们翱翔穹宇的翅膀，从懵懂顽童到天骄之子，伴随着每届老师的春风化雨般的爱。一段师爱，就是一段心灵深处的洗礼，似拂尘清扫尘埃，让我们如醍醐灌顶，甘露洒心。一段师爱，就是一段刻骨铭心的记忆，任时间雕刻岁月，花开花落更珍惜。感恩老师，甘做人梯，翘首等待花开的时节。

感恩朋友，给予我们高山流水的情谊，从管鲍之交到桃园结义，伴随着人性之间的完美特质。一种友情如大海，波澜壮阔，感天动地。一种友情如小溪，细水长流，滋润心田。一种友情如磐石，历经风雨，依然屹立。一种友情如水滴，以柔克刚，滴水穿石。友情如细雨，绵绵惬意，友情如春风，唤醒大地。

感恩生活，给予我们酸甜苦辣的滋味。从萍水相逢到相熟相知，伴随着人生舞台的千姿百态。感恩生活，给予磨练，才使生命的春光美丽无比。感恩生活，给予挫折，才使折断的翅膀续接希望。感恩生活，给予梦想，才让生命的尽头永远拥有曙光。感恩生活，给予美好，才使心中处处是天堂。

感恩社会，给予我们火炼水淬地煅造，从人间大爱到一个微笑，伴随着多少海纳百川的情怀关照。感恩社会，给予我们仁爱，让生活处处可见花开。感恩社会，给予我们团结，让我们的生活少些争吵和冷漠。感恩社会，给予我们温暖，让大雪纷纷的夜晚不再孤单。感恩社会，给予我们理解，让人生永远得到关爱。

感恩自然，给予我们赖以生存的环境，从凄凄芳草到苍穹雄鹰，呈现出生生不息的自然胜景。感恩自然，给予我们无私的馈赠，从天空到大地，从湖泊到海洋，包罗万象。感恩自然，给予我们心灵的惩罚，从羚羊的跪拜到骆驼的眼泪，从动物诱杀到美国黑风暴，让我们认识到人和自然的和谐之道。

学会感恩，人生之道。

编者

目录

第一辑　翻过那堵墙，自己去摘

生活中处处存在“一堵墙”，这堵墙是我们做事情的障碍，是心里的坎儿，面对“高墙”，很多人会畏惧、退缩，会担心爬不上去，会害怕摔伤。这个时候，需要一种勇气，一种破釜沉舟、无所畏惧的勇气，每翻过“一堵墙”，你的人生便会因此而熠熠生辉。

第二辑　活着，其实有很多方式

人生有美好的愿望本无可厚非，但有的人沉醉于未来，耽于空想，将美好的光阴浪费在徘徊与空虚之中，却把责任归罪于坎坷的命运。然而有的人将美好的理想细化成一个个小小的目标，一步步扎扎实实，一天天循序渐进，终于在未来的某一天，到达了人生的远方。其实，生活有很多方式。

第三辑　人的一生到底在追求什么

人生由无数的追求与选择组成，我们可以追求生存，也可以选择死亡；我们可以追求自信，也可以选择自卑；我们可以追求高兴，也可以选择悲伤；我们可以追求阳光明媚，也可以选择阴雨连绵。正确的追求会给我们带来快乐，让周围的人也感受到幸福；错误的选择，则会使自己的人生黯淡。

第四辑　失败了再爬起来

磕绊是任何人所不能避免的，正如风吹雨淋的杨柳一样，只有经历了风雪的严寒，雷雨的摧残，才能茁壮挺拔，所以不要为自己无法站在人生舞台的中心而悲伤，只有悲伤过，才能大步向前，蔷薇有蔷薇的美丽芬芳，蒲公英有蒲公英的质朴高远，勇敢地站起来，你就要成功了。

第五辑　信念是一面旗帜

给自己树立一面旗帜，然后不遗余力地朝着旗帜前进。只要坚定一个信念，心中的希望就不会破灭，相信自己一定能够达到目标。信念看起来似乎微乎其微，然而它可以转化成内心巨大的力量，只要坚持下去，它的力量就会一天天强大起来，足以转变你的人生。

第六辑　最优秀的人是你自己

因为不自信，我们曾经放弃了多少近在咫尺的梦想；因为不自信，我们曾经失去了多少稍纵即逝的良机；因为不自信，我们曾经错过了多少一览众山小的辉煌。你可以不相信他人，别人也可以不相信你，但重要的是自己要相信自己。生命中有些事我们无法掌控，但面对能够把握的事时，我们要勇敢地对自己说：“我可以。”

第一辑　翻过那堵墙，自己去摘

生活中处处存在“一堵墙”，这堵墙是我们做事情的障碍，是心里的坎儿，面对“高墙”，很多人会畏惧，退缩，会担心爬不上去，会害怕摔伤。这个时候，需要一种勇气，一种破釜沉舟、无所畏惧的勇气，每翻过“一堵墙”，你的人生便会因此而熠熠生辉。

那一瞬间，我突然明白，那张床不属于我，这样得来的梦想是短暂的。我应该远离它，我要把自己的梦想交给自己，去寻找真正属于我的那张床！现在我终于找到了。

把你的梦想交给自己

19 世纪初，美国一座偏远的小镇里住着一位远近闻名的富商，富商有个 19 岁的儿子叫伯杰。

一天晚餐后，伯杰欣赏着深秋美妙的月色。突然，他看见窗外的街灯下站着一个和他年龄相仿的青年，那青年身着一件破旧的外套，清瘦的身材显得很羸弱。

他走下楼去，问那青年为何长时间地站在这里。

青年满怀忧郁地对伯杰说："我有一个梦想，就是自己能拥有一间宁静的公寓，晚饭后能站在窗前欣赏美妙的月色。可是这些对我来说简直太遥远了。"

伯杰说："那么请你告诉我，离你最近的梦想是什么？"

"我现在的梦想，就是能够躺在一张宽敞的床上舒服地睡上一觉。"

伯杰拍了拍他的肩膀说："朋友，今天晚上我可以让你梦想成真。"于是，伯杰领着他走进了富丽堂皇的公寓。然后把他带到自己的房间，指着那张豪华的软床说："这是我的卧室，睡在这儿，保证像天堂一样舒适。"

第二天清晨，伯杰早早就起床了。他轻轻推开自己卧室的门，却发现床上的一切都整整齐齐，分明没有人睡过。伯杰疑惑地走到花园里。他发现，那个青年人正躺在花园的一条长椅上甜甜地睡着。

伯杰叫醒了他，不解地问："你为什么睡在这里？"

青年笑笑说："你给我这些已经足够了，谢谢。"说完，青年头也不回地走了。

30 年后的一天，伯杰突然收到一封精美的请柬，一位自称是他"30 年前的朋友"的男士邀请他参加一个湖边度假村的落成庆典。

在这里，他不仅领略了眼前典雅的建筑，也见到了众多社会名流。接着，他看到了即兴发言的庄园主。

"今天，我首先感谢的就是在我成功的路上，第一个帮助我的人。他就是我 30 前的朋友——伯杰！"说着，他在众多人的掌声中，径直走到伯杰面前，紧紧地拥抱他。

此时，伯杰才恍然大悟。眼前这位名声显赫的大亨特纳，原来就是30年前那位贫困的青年。

酒会上，那位名叫特纳的“青年”对伯杰说：“当你把我带进卧室的时候，我真不敢相信梦想就在眼前。那一瞬间，我突然明白，那张床不属于我，这样得来的梦想是短暂的。我应该远离它，我要把自己的梦想交给自己，去寻找真正属于我的那张床！现在我终于找到了。”

感恩寄语

每个人都有梦想，特纳也不例外，但他的梦想开始只停留于幻想，只停留于无法得到的自怨自艾。直到他遇到了善良的伯杰，直到他走进了伯杰富丽堂皇的公寓，豪华的卧室……

自己的梦想在别人看来也许微不足道，别人伸出援助之手就能让自己的梦想在短期内轻易实现，青年可以接受伯杰的好意，睡在伯杰为他准备好的舒适大床上，然后用一生的时光来回忆这美好的记忆。但是他没有这样做，他幡然醒悟，他终于懂得了自己想要的是什么。他突然明白了，自己想要的并不是短暂的梦想，自己的梦想终究要靠自己实现，他做到了。

梦想与现实存在很大的差距，而如何缩短它在于我们付出多少努力。不要依靠别人的施舍，要是自己不懈地奋斗。其实伯杰并没有帮助特纳什么，他只是用善良向特纳展示了真实的梦想之地，给了他奋斗的力量和勇气。伯杰的豪华卧室，是特纳开始奋斗的真实起点。

让别人的生命有一点不同，有一点亮光是何等简单啊！

抱抱法官

杰克·坎菲尔、马克·汉森

里夏普洛是个法官，现在他已经退休了。里夏普洛从小就是个很有爱心的人。从小到大，他做任何事情总是以爱为前提，因为他知道爱是最伟大的力量。因此他总是拥抱别人。他的大学同学给他取了“抱抱法官”的绰号。甚至在他车子的保险杠上都写着：“别烦我！拥抱我！”

大约6年前，他发明了一个叫做“拥抱装备”的东西。外面写着：“ 颗心换个拥抱。”里面则包含30个背后可贴的刺绣小红心。他常带着“拥抱装备”到人群中，用一个红心，换一个拥抱。

里夏普洛也因此出了名，于是有许多人邀请他到相关的会议或大会上做演讲，他总是把“无条件的爱”这一理念分享给大家。在洛杉矶举行的一次会议中，有的媒体向他提出质疑：“拥抱参加会议的人，当然很容易，因为他们是自己选择参加的，但这在现实生活中是行不通的。也许没有人愿意接受你的拥抱。”

他们要求里夏普洛能在洛杉矶街头拥抱路人。里夏普洛答应了媒体的要求，大批的电视工作人员，追随着里夏普洛到街头进行探访。首先里夏普洛向经过的妇女打招呼：“你好，我是里夏普洛，大家叫我‘抱抱法官’。我是否可以用这些爱心和你换一个拥抱呢？”妇女欣然同意了，地方新闻的评论员则觉得这太简单了。里夏普洛在马路上看看四周，他看到一个女交通警察，正在给一辆宝马的车主开罚单。里夏普洛微笑地走上前去，所有的摄影机紧紧跟在后面，想拍下接下来将要发生的一切。里夏普洛从容不迫地对交通警察说：“你看起来像需要一个拥抱，我是‘抱抱法官’，可以免费奉送一个拥抱，来抚平你生气的心情。”那女警接受了。

那位电视时事评论员出了最后的难题：“看，那边来了一辆公共汽车。大家都知道，洛杉矶的公共汽车司机最难缠，爱发牢骚，脾气又坏。让我们看看你能不能从司机身上得到拥抱？”里夏普洛毅然接受了这项挑战。

当公车停靠到路旁时，里夏普洛开始跟车上的司机攀谈：“你好呀，朋友。我是里夏普洛法官，人家叫我‘抱抱法官’。开车是一项压力很大的工作哦！我今天想拥抱一些人，好让人能卸下重担，再继续工作。你需不需要一个拥抱呢？”那位身材又高又胖的公车司机离开座位，走下车子，高兴地说：“好啊！”

里夏普洛拥抱了他，还给了他一颗红心，看着车子离开还直说再见。采访的工作人员个个无言以对。最后，那位评论员不得不承认，他服输了。

一天，里夏普洛的朋友南希·詹斯顿来拜访他。她是个职业小丑，身着小丑服装，画着小丑的脸谱。

她来邀请里夏普洛带着“拥抱装备”，一起去残疾之家，探望那里的朋友。

他们到达之后，便开始分发气球、帽子、红心，并且拥抱那里的病人。里夏普洛心里觉得很难过，因为他从没拥抱过临终的病人、严重智障或四肢麻痹的人。刚开始他感到很勉强，但过了一会儿，南希和里夏普洛在医师和护士的鼓励之下，便很快地接受了这项活动。

数小时之后，他们终于来到了最后一个病房。在那里，他看到了这辈子所见过情况最糟的三十四个病人，里夏普洛的情绪顿时变得十分复杂。他们的任务是要将爱心分出去，点亮病人心中的灯火，于是里夏普洛和南希便开始分送欢乐。此时整个房间挤满了被鼓舞的医护人员。他们的领口全贴着小红心，头上还戴着可爱的气球帽。

最后里夏普洛来到最后一个病人里奥·纳德面前。里奥穿着一件白色围兜，神情呆滞地流着口水。里夏普洛看他流着口水时，对南希说："我们还是把他略过吧，别去管他了！"南希回答："可是他也是我们的一分子啊！"接着她将滑稽的气球帽放在里奥头上。里夏普洛则是贴了一张小红心在里奥的白色围兜上。他深呼吸一下，弯下腰抱了一下里奥。

突然间，里奥开始哈哈大笑，其他的病人也开始把房间弄得叮当作响。里夏普洛回过头想问医护人员这是怎么一回事时，只见所有的医师、护士都喜极而泣。里夏普洛只好问护士长发生了什么事。

里夏普洛永远不会忘记她的回答："23 年来，我们头一次看到里奥笑。"

让别人的生命有一点不同，有一点亮光是何等简单啊！

感恩寄语

一个简单的拥抱，代表着无条件的爱与关怀；一个温柔的拥抱，代表着发自真心的平等与亲切；一个热切的拥抱，代表着对弱者的同情与抚慰。当我们都在对身边习以为常的事情和人们感到麻木时，里夏普洛法官却可以从他们的身上发现好品质，而且发自真心地给了他们拥抱和感谢。

里夏普洛没有做什么轰轰烈烈的大事，却让别人的生命有了一点不同，有了一点亮光。他的实验，让我们懂得了很多人对关怀与抚慰的渴望。里夏普洛以他细小的举动，化解了人们心里的烦恼，缓解了工作的压力，赢得了病人的欢笑。这不是简单的拥抱，因为不是每个人都能展开胸怀，接受别人的苦恼和愤怒。一个小小的拥抱也蕴含着无限情感和对生活的回馈，里夏普洛用爱的力量，改变了人们的生活，在他所到之处都留下了爱的脚印。

让我们不要再怀疑爱的力量，让我们也勇敢地加入到"抱抱族"的行列中来吧！

我看那边月台的栅栏外有几个卖东西的等着顾客。走到那边月台，要穿过铁道，须跳下去又爬上去。父亲是一个胖子，走过去自然要费事些。我本来要去的，他不肯，只好让他去。

背影

朱自清

我与父亲不相见已二年余了，我最不能忘记的是他的背影。

那年冬天，祖母死了，父亲的差使也交卸了，正是祸不单行的日子。我从北京到徐州，打算跟着父亲奔丧回家。到徐州见着父亲，看见满院狼藉的东西，又想起祖母，不禁簌簌地流下眼泪。父亲说："事已如此，不必难过，好在天无绝人之路！"

回家变卖典质，父亲还了亏空；又借钱办了丧事。这些日子，家中光景很是惨淡，一半为了丧事，一半为了父亲赋闲。丧事完毕，父亲要到南京谋事，我也要回北京念书，我们便同行。

到南京时，有朋友约去游逛，勾留了一日；第二日上午便须渡江到浦口，下午上车北去。父亲因为事忙，本已说定不送我，叫旅馆里一个熟识的茶房陪我同去。他再三嘱咐茶房，甚是仔细。但他终于不放心，怕茶房不妥帖；颇踌躇了一会。其实我那年已二十岁，北京已来往过两三次，是没有甚么要紧的了。他踌躇了一会，终于决定还是自己送我去。我两三回劝他不必去；他只说："不要紧，他们去不好！"

我们过了江，进了车站。我买票，他忙着照看行李。行李太多了，得向脚夫行些小费才可过去。他便又忙着和他们讲价钱。我那时真是聪明过分，总觉他说话不大漂亮，非自己插嘴不可。但他终于讲定了价钱；就送我上车。他给我拣定了靠车门的一张椅子；我将他给我做的紫毛大衣铺好座位。他嘱我路上小心，夜里警醒些，不要受凉。又嘱托茶房好好照应我。我心里暗笑他的迂；他们只认得钱，托他们只是白托！而且我这样大年纪的人，难道还不能料理自己吗？唉，我现在想想，那时真是太聪明了！

我说道："爸爸，你走吧。"他往车外看了看，说："我买几个橘子去。你就在此地，不要走动。"我看那边月台的栅栏外有几个卖东西的等着顾客。走到那边月台，须穿过铁道，须跳下去又爬上去。父亲是一个胖子，走过去自然要费事些。我本来要去的，他不肯，只好让他去。

我看见他戴着黑布小帽，穿着黑布大马褂，深青布棉袍，蹒跚地走到铁道边，慢慢探身下去，尚不大难。可是他穿过铁道，要爬上那边月台，就不容易了。他用两手攀着上面，两脚再向上缩；他肥胖的身子向左微倾，显出努力的样子，这时我看见他的背影，我的泪很快地流下来了。我赶紧拭干了泪。怕他看见，也怕别人看见。我再向外看时，他已抱了朱红的橘子往回走了。过铁道时，他先将橘子散放在地上，自己慢慢爬下，再抱起橘子走。到这边时，我赶紧去搀他。他和我走到车上，将橘子一股脑儿放在我的皮大衣上。于是扑扑衣上的泥土，心里很轻松似的。过一会说："我走了，到那边来信！"我望着他走出去。他走了几步，回过头看见我，说："进去吧，里边没人。"等他的背影混入来来往往的人里，再找不着了，我便进来坐下，我的眼泪又来了。

近几年来，父亲和我都是东奔西走，家中光景是一日不如一日。他少年出外谋生，独立支持，做了许多大事。哪知老境却如此颓唐！他触目伤怀，自然情不能自已。情郁于中，自然要发之于外；家庭琐屑便往往触他之怒。他待我渐渐不同往日。但最近两年的不见，他终于忘却我的不好，只是惦记着我，惦记着我的儿子。我北来后，他写了一信给我，信中说道："我身体平安，唯膀子疼痛厉害，举箸提笔，诸多不便，大约大去之期不远矣。"我读到此处，在晶莹的泪光中，又看见那肥胖的、青布棉袍黑布马褂的背影。唉！我不知何时再能与他相见！

感恩寄语

这是一首感恩的颂歌，质朴含蓄；这是一部爱的交响，真挚热烈。父亲的背影就这样穿越了80多年的时光，停驻在了所有人的心里，令人深思，令人落泪，令人震撼，令人感伤。

我们总是在赞美母爱的无私和伟大，却常常忽略了父亲对儿女的付出。《背影》中的父亲为了家庭的生计四处奔波劳碌，他的身影矮胖笨拙，缺乏美感，他的行为平凡无奇，只是细心地为儿子跑前跑后。看到他为儿子去买橘子时蹒跚的背影，听到父亲对儿子简单的叮嘱，一股酸楚涌上心头，让我们感动流泪。

我们是否也想到了父亲的背影：为生活艰辛奋斗时，他们早起晚归的背影；送我们到校后，夜色中离去的背影；抢种抢收时，瘦削弯曲的背影……没有伟大的举动，却总是无时无刻不付出着爱与无私，想到此处，有谁不泪眼蒙蒙呢？

是的，“有许多不可能，只存在于人的想象之中”。可惜，能知道这个道理的人少之又少，大多数人，总是习惯于夸大困难，不愿去尝试和努力。

不要用想象给自己制造困难

20世纪初，有个爱尔兰家庭要移民美洲。他们非常穷困，于是辛苦工作，省吃俭用三年多，终于存够钱买了去美洲的船票。当他们被带到甲板下睡觉的地方时，全家人以为整个旅程中他们都得呆在甲板下，而他们也确实这么做了，仅吃着自己带上船的少量奶酪和饼干充饥。

过了一天又一天，他们以充满嫉妒的眼光看着头等舱的旅客在甲板上吃着奢华的大餐。最后，当船快要停靠爱丽丝岛的时候，这家人中一个小孩生病了，做父亲的去找服务人员，并且说道：“先生，求求你，有没有一些剩菜剩饭，可以给我的小孩吃？”

服务人员回答说：“为什么这么问，这些餐点你们可以吃啊。”

“是吗？”这人疑惑地问，“你的意思是说，整个航程里我们都可以吃得很好？”

“当然！”服务人员以惊异的口吻说，“在整个航程里，这些餐点也供应给你和你的家人，你的船票只是决定你睡觉的地方，并没有决定你的用餐地点。”

有个名为琼斯的新闻记者，极为羞怯怕生，有一天他的上司叫他去访问大法官布兰代斯，琼斯大吃一惊，说道：“我怎么能要求单独访问他呢？布兰代斯不认识我，他怎么肯接见我？”

在场的一个记者立刻拿起电话打到布兰代斯的办公室，和大法官的秘书通话。他说：“我是明星报的琼斯（琼斯在旁大吃一惊），我奉命访问法官，不知道他今天能否给几分钟时间采访？”他听对方答话，然后说：“谢谢你，1点15分，我按时到。”他把电话放下，对琼斯说：“你的约会安排好了。”

事隔多年，琼斯对这件事仍念念不忘，她说道：“从那时起，我学会了单刀直入的办法，做来不易，却很有用。第一次时克服了心中的畏怯，下次就比较容易一点。”

许多困难其实是人们凭空想象出来的。不自信的人，往往把困难想象得比实际的大，他们被自己心中想象出来的困难所吓倒，从而丧失了许多成功的机会。而具

有积极心态的人，他们能正视困难，他们相信，只要去做，总是有成功的机会的。

1864年，美国南北战争结束后，一位叫马维尔的记者采访林肯。

马维尔问道："据我所知，上两届总统都曾想过废除黑奴制，《解放黑奴宣言》也早在他们那个时期就已草就，可是他们都没拿起笔签署它。请问总统先生，他们是不是想把这一伟业留下来，给您去成就英名？"

林肯回答道："可能有这意思吧。不过，如果他们知道拿起笔需要的仅仅是一点勇气，我想他们一定非常懊丧。"

这段对话发生在林肯去帕特森的途中，马维尔还没来得及问下去，林肯的马车就出发了，因此，他一直都没弄明白林肯的这句话到底是什么意思。直到1914年，林肯去世50年后，马维尔才在林肯致朋友的一封信中找到答案。在信里，林肯谈到幼年的一段经历：

"我父亲在西雅图有一处农场，上面有许多石头。正因为如此，父亲才能以较低的价格买下它。有一天，母亲建议把上面的石头搬走。父亲说如果可以搬走的话，主人就不会卖给我们了，它们是一座座小山头，都与大山连着。

"有一年，父亲去城里买马，母亲带我们在农场劳动。母亲说，'让我们把这些碍事的东西搬走，好吗？'于是我们开始搬一块块的石头，不长时间，就把它们弄走了，因为它们并不是父亲想象的山头，而是一块块孤零零的石块，只要往下挖一英尺，就可以把它们晃动。"

林肯在信的末尾说，有些事情一些人之所以不去做，只是他们认为不可能。有许多不可能，只存在于人的想象之中。

读到这封信的时候，马维尔已是76岁的老人了，就是在这一年，他正式下决心学外语。据说，1922年，他在广州采访时，是以流利的汉语与孙中山对话的。

是的，“有许多不可能，只存在于人的想象之中。”可惜，能知道这个道理的人少之又少，大多数人，总是习惯于夸大困难，不愿去尝试和努力。

感恩寄语

困难对于天才是一块垫脚石，对于积极的人是一笔财富，对于弱者是一个万丈深渊。

是的，“有许多不可能，只存在于人的想象之中。”在事情还没有开始的时候就认定自己不能胜任的人，永远也不会成功。人可以物质上贫穷，但思想不能贫穷。轮船上的那个爱尔兰家庭把自己当做穷人，连和富人一样享受免费饮食的权利都不敢想象，结果在船上挨饿。琼斯更是因为一个她不敢打出的电话弄懂了很多事情并不是想象中的困难，害怕意味着放弃，畏缩意味着失败，不得不面对的事情，不如坦荡地接受考验。

林肯家的石头不仅压在林肯父亲的心头，而且长久地压在我们许多人胆怯的心中。我们生活中也一定会经常有这种想法：这件事情我能不能做好？事情开始的时候就对自己抱着怀疑的态度，结果越做越没有信心，最后也没把事情做好，自己心里便有了疑虑。长此以往，我们便逐渐成为了悲观的人，干脆认定自己不如别人。

其实，只要我们鼓足勇气，不要夸大困难，勇于尝试和努力，给自己机会，自己就可能成为生活的强者。

徐锐说，他知道有两位战友已经永别了，但在全所民警绝口不提“死”字的情况下，在接受记者采访时他仍然坚称“我们所有12名民警”。

菜刀劈路，挽救60条生命

5月12日下午。地震之后，与汶川直线距离仅10公里的龙门山镇顿成一片废墟，难以计数的居民在残垣败瓦之下呻吟挣扎。自水河派出所的10名民警紧急动员，与治保巡逻队一起抢救出70多人，其中大部分身负重伤、血流不止。

山上药品匮乏，但上下山的道路此时早已被巨石和大树阻断。如不迅速开辟一条通道运送伤员下山，镇医院里的60多名伤员会如何？两难之际，徐锐在街边一家倒掉的卤菜铺子边捡起一把菜刀，大踏步往山下跑去。

那时已是当晚7点。地震之后的龙门山镇上空黑云密布，阴冷的山风扬起豆大的雨点，打在脸上隐隐生疼。在白水河大桥前两公里处，徐锐和4名民警挥动菜刀，斩劈横亘在泥路中间的大树。在山上生长了数十年的树木粗大坚韧，徐锐第一刀劈下去用力太猛，菜刀竟然深深陷进树身，拔不出来；他用力猛抽，菜刀弹起，重重地砸在胸口，痛得险些闭气。

于是第二刀用力稍轻，然后是第三刀、第四刀……当粗大的树干从中断开时，漆黑的雨夜中突然传来闷雷似的巨响，路边的山体再次崩塌，沙石树木竟然直冲到徐锐的脚边！几个急性子的民警手中动作丝毫不停。渐渐地泥路上的人越来越多：在镇上维持秩序的民警又被抽调了三人来此，帮忙抬树、抬石头；在地震中轻微擦伤的一位居民也从家中操起了菜刀，一阵狂舞乱劈。

漆黑中不知劈斩搬抬了多久，眼前豁然开朗。原本被阻断了半里多的道路一无障碍，与通往山下的道路连接在一起。13日上午，镇上的所有重伤员都沿着这条“菜刀路”被送下了山。望着伤员撤走的背影，徐锐才意识到红肿的双手锥心地疼痛！

徐锐说，他知道有两位战友已经永别了，但在全所民警绝口不提“死”字的情况下，在接受记者采访时他仍然坚称“我们所有12名民警”。

感恩寄语

天崩地裂，不堕为民之志；沧海横流，方显英雄本色。面对地震的残酷，面对泥石流的随时来临，面对身后受伤的人群，12 位公安干警挥起菜刀，劈树斩棘，硬生生劈出了一条血路。

灾难无情人有情，地震摧毁了桥梁、道路，封住了救援的通道。无数生命在等待救援。这个时候，最可信赖的始终是我们最可爱的人——人民子弟兵。

从洪灾到非典，到冰灾，到汶川大地震，到西南大旱，再到刚刚降临的玉树地震，人民子弟兵始终是国家和人民的保护神。有多少最可爱的人牺牲了自己的小家，献出了宝贵的生命，为我们这个多难的民族铸造出一条永远不倒的钢铁长城。每每遇到大灾大难，都离不开他们，没有这样的军队，就没有一场场、一次次战胜自然灾害的胜利，就不会有国家的富强和人民的安宁。他们确实是这个时代最可爱可敬的人！

大爱无疆，长城永存！

讲到这里，她突然说道："记者叔叔，你们报社一定得帮我给马健颁一个见义勇为奖。没有他，我的命就没了。"

初三男孩手刨4小时救出女生

压在水泥下，我想看一眼爸妈再死

地震前，向孝廉是漩口中学初三五班的学生，她说，地震发生时自己在三楼的教室上课。"当时化学课老师在讲台上滔滔不绝，突然整个教室晃动起来。老师慌忙喊我们跑，我们就争相往门外涌。"在走廊上时，她感觉天旋地转，站立不稳。跑到一楼时，就有楼顶的水泥倒下来，噗地一下压在她身上。"我心想完了，就什么也不知道了。"

不知道什么时候，向孝廉第一次醒来，迷糊着没有知觉，但能从缝隙里看到外面的亮光，之后又没有了知觉。第二次醒来时，天已经黑了。"我那时非常想念爸爸妈妈，我想，我得看他们一眼再死。想到这里，又什么都不知道了。"

他刨出了我，双手血肉模糊

向孝廉是被同班同学马健喊醒的。"他在外面喊，孝廉，你在哪里？我就醒了。他一再说，你要坚持，你要坚持……"向孝廉身上压着厚厚的泥土和水泥块，马健就用双手在外面刨。"我哭着告诉他，马健，你别走，如果你要走，就等我死了再走吧。马健说，我不会走，你是我们班上年纪最小的，也是生命力最旺盛的，这点困难难不倒你。"

后来向孝廉又慢慢昏过去，马健就在外面喊："坚持！坚持！"向孝廉再次醒来，发现脚和手都被压得严严实实的，就对马健说："你使劲拖，别怕把我的手和脚拖断，只要头不断就行。"

大约4个小时后，马健终于把向孝廉刨了出来。这时，马健的双手已血肉模糊。"他抱着我，我们痛哭起来。紧接着他就背着我向学校大门口走去。刚走到门口，先前我被压住的地方旁边一堵墙壁突然倒塌。如果晚几分钟，我还会连累马健，我们两个都出不来了。"

讲到这里，她突然说道："记者叔叔，你们报社一定得帮我给马健颁一个见义勇为奖。没有他，我的命就没了。"

千万别截肢，我还要养活父母呢

医生说，向孝廉的右手臂和左脚都可能被截肢。下午6点，她被送进了手术室，离开病床时，她向记者招呼说：“叔叔，祝我幸运吧。我叫向孝廉，我爸爸名叫向忠诚。忠诚孝廉，我们的名字取得好吧？我家在农村，非常贫穷，哥哥是个残废。记者叔叔，你帮我告诉医生，千万不要给我截肢。我最崇拜丁磊，我想以后像他那样挣很多钱。截肢了，我怎么去养活父母呢？”

（摘自2008年5月15日《京华时报》）

感恩寄语

灾难会摧毁人，让鲜花般的生命转瞬变成冰冷的尸体，让美丽的城市转瞬变成残破的废墟；灾难会塑造人，让废墟下幸存的少年忘记伤痛，学会坚忍和乐观，让废墟外孤独挖掘的孩子不怕苦难，学会爱与勇敢。

三年过去了，谁也不会忘记四川汶川那场地震。无数生命在那一瞬间的摇晃中消失了，他们永远地躺在了大地母亲的伤口中。那一刻，人们心里只有一个念头：活下去。被埋在碎石堆里的大人、小孩坚持着，用尽最后一丝力气等待救援的人到来，创造着一个又一个生命的奇迹。

万众一心，众志成城不再是一个空洞的口号；大爱无疆，生死相依不再是一种抽象的精神。友情、亲情、爱情在这场地震中被赋予了更加深刻的考验和更加坚定的证实。地震让我们更加深刻地感悟到生命的可贵，让我们懂得了珍爱自己和身边所有关心你的人。

向孝廉是不幸的，就像一朵盛开的花朵突然遭遇暴风雨的袭击，肉体遭到了沉重的打击，在幼小的心灵里，留下了难以磨灭的阴影。但同时，向孝廉又是幸运的，她有机会重新开始她的生命，有机会欣赏明天璀璨的黎明。

燕子去了，有再来的时候；杨柳枯了，有再青的时候；桃花谢了，有再开的时候。

匆匆

朱自清

燕子去了，有再来的时候；杨柳枯了，有再青的时候；桃花谢了，有再开的时候。但是，聪明的，你告诉我，我们的日子为什么一去不复返呢？——是有人偷了他们罢：那是谁？又藏在何处呢？是他们自己逃走了罢：现在又到了哪里呢？

我不知道他们给了我多少日子；但我的手确乎是渐渐空虚了。在默默里算着，八千多日子已经从我手中溜去；像针尖上一滴水滴在大海里。我的日子滴在时间的流里，没有声音，也没有影子。我不禁头涔涔而泪潸潸了。

去的尽管去了，来的尽管来着；去来的中间，又怎样地匆匆呢？早上我起来的时候，小屋里射进两三方斜斜的太阳。太阳他有脚啊，轻轻悄悄地挪移了；我也茫茫然跟着旋转。于是——洗手的时候，日子从水盆里过去；吃饭的时候，日子从饭碗里过去；默默时，便从凝然的双眼前过去。我觉察他去的匆匆了，伸出手遮挽时，他又从遮挽着的手边过去，天黑时，我躺在床上，他便伶伶俐俐地从我身上跨过，从我脚边飞去了。等我睁开眼和太阳再见，这算又溜走了一日。我掩着面叹息。但是新来的日子的影儿又开始在叹息里闪过了。

在逃去如飞的日子里，在千门万户的世界里的我能做些什么呢？只有徘徊罢了，只有匆匆罢了；在八千多日的匆匆里，除徘徊外，又剩些什么呢？过去的日子如轻烟，被微风吹散了，如薄雾，被初阳蒸融了；我留着些什么痕迹呢？我何曾留着像游丝样的痕迹呢？我赤裸裸来到这世界，转眼间也将赤裸裸的回去罢？但不能平的，为什么偏要白白走这一遭啊？

你聪明的，告诉我，我们的日子为什么一去不复返呢？

感恩寄语

“盛年不重来，一日难再晨。及时当勉励，岁月不待人。”“一日之计在于晨；一岁之计在于春；一生之计在于勤。”“天可补，海可填，南山可移。日月既往，不可

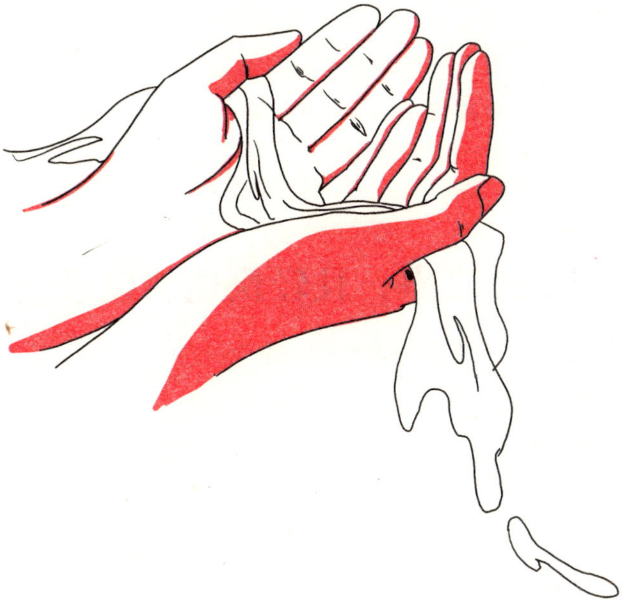

复追。”这些都是先哲对珍惜时间的感叹。

时间是没有声音的锉刀，它不仅像朱自清先生笔下的时间那样悄悄地从我们身边走过，留下遗憾，永无痕迹，它还会锉过我们的额头，带走红润的光泽，留下松弛的皱纹；划过我们的手掌，带走青春的灵魂，留下粗砺的茧子；经过我们的心灵，带走纯真与热情，留下沉重与悲凉。

黑夜到临的时候，没有人能够把一角阳光继续保留。所以，让我们学会细细地品味吧！品味时间消失的味道，是匆忙，还是稚拙；是甜美，还是苦涩；是充实，还是空虚；是幸福，还是悔恨……

时间是童叟无欺的，它给勤奋的人留下智慧和力量，给懒惰的人留下悔恨和惆怅。让我们学会认真地生活吧，最珍贵的是今天，最容易失掉的也是今天。像陈忠实说的那样：无论往后生命历程中遇到怎样的挫折、怎样的委屈，不要动摇，不必辩解，走你自己的路吧！

唯有学习坦然面对失败和痛苦才能拥有真正的幸福，让生命中无可避免的困境、失败、障碍、疾病与痛苦都转变成创造成功、奇迹与完美的力量。

对必然之事，且轻快地加以承受

在阿姆斯特丹有一家15世纪的老教堂，在它的废墟上留有一行字：事情既然如此，就不会另有他样。

在漫长的岁月中，你一定会碰到一些令人不愉快的情况，它们既然是这样，就不可能是那样。

因此，要乐于接受必然发生的情况，接受所发生的事实，这是克服随之而来的任何不幸的第一步。唯有学习坦然面对失败和痛苦才能拥有真正的幸福，让生命中无可避免的困境、失败、障碍、疾病与痛苦都转变成创造成功、奇迹与完美的力量。

很显然，环境本身并不能使我们快乐或不快乐，我们对周遭环境的反应才能决定我们的感受。必要的时候，我们都能忍受得住灾难和悲剧，甚至战胜它们。我们也许以为自己办不到，但我们内在的力量却坚强得惊人，只要肯加以利用，就能帮助我们克服一切。

但这并不是说，在碰到任何挫折的时候，都应该极力忍耐接受，那样就成为宿命论者了。不论哪一种情况，只要还有一点挽救的机会，我们就要奋斗。可是普通常识告诉我们，当事情是不可避免的——也不可能再有任何转机时——为了保持我们的理智，就请不要再“左顾右盼，无事自忧”了。

没有人能有足够的情感和精力，既抗拒不可避免的事实，又能利用这些情感和精力去创造新的生活。你只能在这两者中间选择其一，你可以面对生活中那些不可避免的暴风雨，弯下自己的身子，你也可以自不量力地去抵抗而被摧折。能在一切环境中保持宁静心态的人，都具有高贵的品格修养。我们要努力培养自己心理上的抗干扰能力，冷静地应对世间的千变万化。

北欧一座教堂里，有一尊耶稣被钉在十字架上的苦像，大小和一般人差不多。因为有求必应，所以专程前来这里祈祷、膜拜的人特别多，几乎可以用门庭若市来形容。教堂里有位看门的人，看十字架上的耶稣每天要应付这么多人的要求，觉得于心不忍，他希望能分担耶稣的辛苦。有一天他祈祷时，便向耶稣表明这份心。意外地，他听到一个声音，说：“好啊！我下来为你看门，你上来钉在十字架上。但是，不论你看到什么、听到什么，都不可以说一句话。”这位先生觉得，这个要求很简单。于是耶稣下来，看门的先生上去，像耶稣被钉在十字架般地伸张双臂，这位先生也依照先前的约定，静默不语，聆听信友的心声。

来往的人络绎不绝，他们的祈求，有合理的，有不合理的，千奇百怪，不一而是。但无论如何，他都强忍着没有说话，因为他必须信守先前的承诺。

有一天来了一位富商，当富商祈祷完后，竟然忘记手边的袋子便离去了。他看在眼里，真想叫这位富商回来，但是，他憋着不能说；接着来了一位穷人，他祈祷耶稣能帮助他渡过生活的难关。当要离去时，发现先前那位富商留下的袋子，打开里面全是钱。穷人高兴得不得了，耶稣真好，有求必应，他万分感谢地离去。

十字架上伪装的耶稣看在眼里，想告诉他，这不是你的。但是，约定在先，他仍然憋着不能说。接下来有一位要出海远行的年轻人来到，他是来祈求耶稣降福他平安的。正当要离去时，富商冲进来，抓住年轻人的衣襟，要年轻人还钱，年轻人不明就里，两个人吵了起来。

这个时候，十字架上的假耶稣终于忍不住，开口说话了。既然事情清楚了，富商便去找捡了他钱的穷人，而年轻人则匆匆离去，生怕搭不上船。真的耶稣出现了，指着十字架上的人说：“你下来吧！那个位置你没有资格了。”

看门人说：“我把真相说出来，主持公道，难道不对吗？”

耶稣说：“你懂得什么？那位富商并不缺钱，他那袋钱不过是用来嫖妓的，可是对那穷人，却足可以解决一家大小生计；最可怜的是那位年轻人，如果富商一直缠下去，延误了他出海的时间，他还能保住一条命，而现在，他所搭乘的船正沉入海中。”

这是一个听起来像笑话的故事，却透露出这样的意思：“在现实生活中，我们常自认为自己的想法才是最好的，但往往事与愿违。我们必须相信目前我们所拥有的，不论顺境、逆境，都是对我们最好的安排。若能如此，我们便能在顺境中感恩，在逆境中依旧心存感激。”

人生的事，没有十全十美。

马斯洛曾说：“心若改变，你的态度跟着改变；态度改变，你的习惯跟着改变；习惯改变，你的性格跟着改变；性格改变，你的人生跟着改变。在顺境中感恩，在逆境中依旧心存喜乐，认真地活在当下。”

感恩寄语

人生不如意事常八九，无法抗拒的结局是消极者的无边黑夜，是乐观者的美丽晨曦。

在这个充满竞争的世界，我们比任何时候都更需要这句话：“对必然之事，且轻快地加以承受。”学会坦然面对失败和痛苦才能拥有真正的幸福，让生命中无可避免的困境、失败、障碍、疾病与痛苦都转变成创造成功、奇迹与完美的力量。无论生活中遇到顺境抑或逆境，这都是生活对我们的恩赐，以一颗感恩的心面对生活的周遭，让原本不平的心态渐渐改变，生活就不会像我们想象的那么困难。

事情发生了，总会派生出许多“如果”和“假设”，这是失败者的逻辑。我们越这样想，心里就会越懊悔，生活就越是痛苦。成功者的逻辑是永远向前看，理智地看待无法回避的痛苦，坦然地面对既成的事实。

也许我们可以像达观的王维一样，行到水穷处，坐看云起时……

无论是工作中还是生活中，即使遇到天大的困难，只要想到这句话，就敢于斗争，也就能把各种困难踩在脚下。

翻过那堵墙，自己去摘

祝师基

我小的时候，老屋的院子里有一棵李子树，每年结果成熟后，母亲摘了它们到集市上去卖，换回一些油盐钱。那时候，我只有七八岁，特别嘴馋，因而，父亲就把院门锁上，防止我们去偷。而我常常盯着高墙围住的李树挪不动步，李子的香味实在诱人。我多次请求父亲打开院门，可他每次总是摇手。

有一天傍晚，我围着父亲忽前忽后，一遍又一遍求父亲给我摘几个李子。父亲打量了我好久，才指着高高的院墙对我说："想吃李子？你就翻过那堵墙，自己去摘。"

我立即欢喜地跑到墙根儿，跳起来试了试，墙太高过不去。我乞求地望着父亲。父亲则一边摇着头，一边向四周巡视。见状，我灵机一动，找来几块砖垫在脚下，使劲向上蹿，还是上不去。我又寻来一块木墩子搭在砖上，谁知，刚一踏上脚，"哗啦"一下，木墩倒了，我也栽了个跟头。喘着粗气，带着委屈的泪水，我眼巴巴地望着父亲。父亲却不理我，只顾嘿嘿地笑，还是说"翻过那堵墙去"。我急了，挣扎着爬起来，我也来了气，飞快跑进屋，搬出一张椅子，垫上几块砖"噌噌"地爬上了墙头。蹲在墙顶，我浑身发抖，不敢往下跳。这时，母亲惊慌地向我跑来了，父亲却拉住母亲，大声向我喊："没事！没事！跳！跳！向下跳。"在父亲这种"胁迫"的鼓励下，我"咚"地跳下去，又飞快地爬上树，摘到了渴望已久的李子。在我吃够出来时，父亲轻轻抚摸着我的头，一字一顿地说："孩子，记住！你翻过那堵墙去，吃到了李子。好样的！"当时不懂父亲这句话的意思，我只感到既吃了李子，又受到了表扬，心里乐滋滋的。

不知不觉到了高三，那时我底子差，学习跟不上趟，考大学我是没指望。有天晚上，我偷偷对母亲说我不想考了，反正考了也考不上。谁知，第二天晚上，父亲从外县干活的工地上急急赶回来，坐在凳子上一根接一根地抽烟。不知过了多久，父亲站起来，踩灭地上的烟蒂，走到我跟前，抚摸着我的头，只说了短短几句话："孩子，在你7岁那年，你能翻过那堵墙，摘到院子里的李子吃。现在，你只要翻过高考这堵墙，也能摘到果子吃。爸爸相信你。没事的，一定能翻过去的。"

“翻过那堵墙去!”我一下子回忆起了那天吃李子的事。顿时，我明白了父亲当年说那句话的含义。是的，一定要翻过那堵墙去。此后，在父亲这种“翻过那堵墙”精神的鼓舞下，不到一年时间里，我奋起直追，终于如愿以偿。那年7月过后，我收到了大学录取通知书，摘到了丰收的“果子”。

父亲的“翻过那堵墙”精神一直作为我的座右铭，帮我克服了一个又一个困难。不曾想到后来的一次，这话竟成为我对父亲说的了。

连续两个月，父亲因病卧床不起，病得不轻。那天晚上，他把我和母亲叫到床跟前，严肃而又忧虑地对我说：“孩子，万一我不行了，你和你妈……”母亲的手迅速地捂住了父亲的嘴，并嗔怪道：“瞧你，说到哪儿去了？你现在就抛下我们娘俩，不心亏吗?”我转身跑出去，真怕滚涌而出的泪水使父母伤心。

痛苦至极的我，突然想起了父亲“翻过那堵墙”的话。我立即擦干眼泪，走到父亲的床前，握着他的手，说：“父亲，还记得你那次对我说的‘翻过那堵墙’的话吗？儿子这次也希望你能翻过病魔这堵‘墙’啊!”父亲听到我这句话，神情竟愣了愣，随即握紧了我的手，很坚决地点了点头。

后来的情况是，医生很惊奇父亲的病很快就好起来了，说这是“少见的情况”。其实，我们都知道，“翻过那堵墙”的精神就是一种敢于斗争的精神。正是这种精神，才使父亲与我当年一样，心存希望，在病魔面前没有退却，以一种豁达的心态追求着幸福。

2002年的时候，我的工作遇到了前所未有的挑战，由于各种原因，单位效益大幅度下滑，上级派驻工作组进行整顿，并撤换了原来的总经理，决定招聘一名新总经理。我很想去竞聘，但又犹豫不决，正在拿不定主意时，我又想起了父亲当年说给我的那句“翻过那堵墙”的话。于是，我又像一支装满子弹的冲锋枪一样，以一种无畏的精神竞聘来了总经理的位置。经过不懈努力，如今我们已成为拥有一家总公司、五家分公司，每年效益达一亿元的集团大企业了。回想过去，假如我没有“翻过那堵墙”的斗争精神，说不定我现在还是一个下岗工人呢。

如今，我已把“翻过那堵墙”的故事和精神作为励志教材讲给所有员工听。我想，无论是工作中还是生活中，即使遇到天大的困难，只要想到这句话，就敢于斗争，也就能把各种困难踩在脚下。

感恩寄语

“翻过那堵墙”，从一件童年小事，到翻过许多人生的坎儿，竟然延伸成了一种人生精神。

小时候为了吃到李子，要自己翻越院里的高墙去摘；高三时，学习不佳，自暴自弃，通过努力翻过了高考那堵墙；父亲病重时，自己鼓励他用意志与病魔对抗，病情好转；工作后，自己用无畏的精神竞聘总经理，取得了事业的成功。

每个人的心里都存在着一堵墙。这堵墙是我们做事情的障碍，是心里的坎儿，面对高墙，很多人会畏惧，退缩，会担心爬不上去，会害怕摔伤。这个时候，需要一种勇气，一种破釜沉舟、无所畏惧的勇气。

通过一件小事，父亲教会了我做人做事的道理：要想获得自己想得到的东西，必须自己付出努力，抛除心里的犹豫、翻越心灵的障碍，勇往直前。从此，“翻越那堵墙”激励了我，成就了我的美丽人生。

谁也没有料到，老妇人竟毫不迟疑地回答："我会把它送给穷人！"

富有的穷人

经过投票表决，美国阿肯色州政府决定增加穷人的救济金。一位电视台记者得知消息后立刻赶往后山采访，那里聚居着很多靠救济金生活的人，他希望拍到他们感激涕零的镜头。

他精心挑选的采访对象是一位老妇人。她的房子冬天四壁透风，夏天闷热难当。屋里仅有的家具是一张床、一张桌子和两把椅子，都是用粗糙的木板拼钉而成。床上铺着松针床垫和几块薄毯子，桌上摆着几罐咸菜和一些南瓜，这便是她冬季的全部食物储备。火炉是用来烧火做饭的，几乎没有什么御寒功能。

不过这房子倒是有一个便利条件——天然自来水。一条清澈的小溪就从房后潺潺流过。后院开垦出一个小菜园，夏天能供应新鲜的时令蔬菜，秋天能生长南瓜和甘蓝。房前则是一个整洁的小花园，给小屋平添了许多色彩。

电视台的工作人员到了，他们架起昂贵的大型摄影机，拍下了这个被老妇人称为家的地方。最后，记者问："如果政府每月多给你200美元，你会用它做什么？"

谁也没有料到，老妇人竟毫不迟疑地回答："我会把它送给穷人！"

感恩寄语

富有与贫穷是没有标准的。在我们眼里，这位老妇人贫困不堪，漏风的房屋，残破的家具，匮乏的食物，连取暖的东西都没有；但在她自己的眼里，她拥有自由的生活，可以遮蔽风雨的住处，足够的食物，美丽的自然，清澈的小溪，时鲜的蔬菜，她感到自己比很多人富有。

拥有金钱的亿万富豪，并不代表就能拥有快乐；而内心自足的农妇，同样不会因为贫穷而苦恼。这不是天方夜谭式的童话，更不是自欺欺人的梦话。这是一种心灵的富足，它源于一种乐天知命的达观和安贫乐道的洒脱。

所以，当我们为清贫的生活而痛苦的时候，不妨看看周围，看看周围那么多美好的事物，值得我们去感受、去享有。整洁而多彩的小花园，平凡而充实的工作，自由而悠闲的生活，健康而快乐的亲人，这不就是最好的拥有吗？拥有了这一切，我们可以不再计较金钱、名利与得失。我们会真诚地感恩生命，感恩我们已经拥有的一切，感恩生命所赋予的无上宝物——健康与快乐。

也许你只付出一点点微不足道的爱，就可以改变一个人的一生。星星之火，可以燎原，而且星星之火，也可以照亮整个生命，也许就是一个不起眼的瞬间，奇迹就会发生。

改变一生的闪念

也许你只付出一点点微不足道的爱，就可以改变一个人的一生。星星之火，可以燎原，而且星星之火，也可以照亮整个生命，也许就是一个不起眼的瞬间，奇迹就会发生。

那是一位老师告诉我的故事，让我自己明白：在人世间，其实不应该放过每一个能够帮助别人的机会，也许你早已忘记，但这种火光，却可以温暖一个个冷漠的心灵。

多年前的一天，这位老师正在家里睡午觉，突然电话铃响了，她接过来一听，里面传来一个陌生粗暴的声音："你家的小孩偷书，现在被我们抓住了，你快来啊！"

她回头望了一眼正在看电视的独生女儿，心中立即就明白过来，肯定是有一个小孩因为偷书被售货员抓住了，而又不肯让家里人知道，所以，胡扯了一个电话号码，才碰巧打到这里。犹豫了片刻之后，她问清了书店的地址，匆匆忙忙赶了过去。正如她预料的那样，在书店里站着一个满脸泪痕的小女孩，而旁边的大人们，正恶狠狠地大声斥责着。她一下子冲上去，将那个可怜的小女孩搂在怀里，转身对旁边的售货员说："有什么事就跟我说吧，我是她妈妈，不要吓着孩子。"

在售货员不情愿的嘀咕声中，她交清了28元的罚款，将小女孩领到家中，好好清洗了一下，什么都没有问，就让小女孩离开了。临走时，她还特意叮嘱道，如果你要看书，就到阿姨这里，这里有好多书呢。

惊魂未定的小女孩深深地看了她一眼，便飞快地跑掉了，从此便再也没有出现。

多年以后，有一天中午，门外响起了一阵敲门声。当她打开房门后，看到了一位年轻漂亮的陌生女孩，露着满脸的笑容，手里还拎着一大堆礼物。

"你找谁？"她疑惑地问着，但小女孩却激动地说出一大堆话。原来她就是当年的那个小女孩，现在已经大学毕业，特意来看望她。

女孩眼睛泛着泪光，轻声说道："虽然我至今都不明白，您为什么愿意充当我妈

妈，帮助了我，但我总觉得，这么多年来，一直好想喊您一声妈妈。”

老师的眼睛也开始模糊起来，她有些好奇地问道：“如果我不帮你，会发生怎样的结果呢？”女孩的脸立即变得阴沉起来，轻轻摇着头说：“我说不清楚，也许就会去做傻事，甚至去死。”

老师的心中猛地一颤。望着女孩脸上幸福的笑容，她也笑了。

感恩寄语

在人世间，其实我们不应该放过每一个能够帮助别人的机会，也许你早已忘记，但这种火光，却可以温暖一个个冷漠的心灵。

书店打来电话时，那位老师就明白打错了，但她依然愿意冒充这个可能只是一时犯错的小女孩的妈妈，为她解决了偷书而又撒谎的困境。小小的帮忙，避免了小女孩做傻事的可能，改变了她的一生，照亮了她以后的整个生命。

不要吝啬自己的爱心，其实，帮助别人仅仅是一件微不足道的事情，但对于需要帮助的人来说，却简直是雪中送炭。不一定像这个故事一样会有回报，但一定会在某颗心灵中播下爱与希望的种子。

有时候，我们点亮一盏灯，就能照亮一个人的生命；有时候，我们打开一扇窗，就能温暖一个冷漠的心灵。

不要用冷酷，让无助的人更加无助；不要用自私，让希望的微光熄灭。当有人伸出温暖的双手时，我们会看到春天的灿烂、世间的美好。

举手之劳，何乐不为？

第二辑 活着，其实有很多方式

人生有美好的愿望本无可厚非，但有的人沉醉于未来，耽于空想，将美好的光阴浪费在徘徊与空虚之中，却把责任归罪于坎坷的命运。然而有的人将美好的理想细化成一个个小小的目标，一步步扎扎实实，一天天循序渐进，终于在未来的某一天，到达了人生的远方。其实，生活有很多方式。

在这个世界上，我们每一个活着的普通人，都会遇到类似的情况。为了生活，我们随时都在准备着流血；面对危险，有时我们甚至想都不想就会冲上去，而丝毫顾不得可能出现的后果。

感　　激

杨冬青

17 岁那年，我告别了美丽的校园。这意味着我将从此踏入社会，从此开始一种真正意义上的生活。

同众多的农家孩子一样，第二年一过年，我便跟着我们那儿的一个包工头，外出干起了活。对于大多数生长在农村的孩子来说，劳动永远是他们走出校园的第一堂公开课。一茬又一茬的农民就是这样成长起来，又一步一步走向成熟的。

5 月间，我们在河南焦作接下了一座高 10 层的楼房活儿。

工程进行得还算顺利，7 月的最后一天，楼房建成了。可是我们拆下了那高耸的脚手架时，才发现第 10 层所有的侧杆都被牢牢地筑死在楼房的墙壁上。那些胳膊一般粗的钢质家伙，在第 10 层的外墙壁上围了整整一圈，足足有 100 根！

包工头戴着墨镜朝我走来，我看不见他的眼睛，但我马上明白我该做些什么了。包工头掏出香烟的时候，我轻声说："不用了，我上！"事实上我十分清楚，即使他什么也不掏，我也得上。我神色庄严而肃穆，我甚至能感觉到自己很有一种"风萧萧兮易水寒，壮士一去兮不复还"的悲壮情怀。

的确，即使是脚踏实地去割下那 100 来根钢管子，也不是件容易的事，更何况现在是悬空作业，艰苦自不必说，而且十分危险，稍有疏漏，就有可能丢掉性命。

可是为了生活，我不得不硬着头皮拼一拼了。在这个世界上，我们每一个活着的普通人，都会遇到类似的情况。为了生活，我们随时都在准备着流血；面对危险，有时我们甚至想都不想就会冲上去，而丝毫顾不得可能出现的后果。从这一点看，一个人能够活在世上，是多么不容易啊！

没有多久，我就被一根绳子吊在空中。可是那是怎样一根绳子啊！拇指粗细，一个结一个结的，也不知是几段绳子接在一起的。而且是一根麻绳！我举起焊枪——唉，这就是我们最先进的切割工具，这些我都能忍受。可是当包工头在楼顶上喊着"一根焊条，三根侧杆"的时候，我艰难地闭上了眼睛。重物不重人，还有什么比这更叫人痛苦的呢？停了一会儿，我睁开眼睛，用力瞪着，把泪水逼了回去。

唉，这就是我们的包工头，作为一个有血有肉有精神的人，我们为之感到痛心；可是作为一个普通人，我们又无法过多地指责他。因为他的所作所为，正好符合了他的身份和地位。

在这个世界上，这样的人还很多，他们同我们大多数人一样，都是芸芸众生中的普通一员。他们的所作所为，并没有超出一个普通人应有的规范。看来，生活中并不是每个人、每件事都能让我们感动的。

我终于又举起焊枪，电火花强烈地刺激着我的眼睛：我没有戴焊帽，工地上没有这玩意儿。事实上即使有，我也无法用上！我右手拿焊枪，左手拿着托板，托板上还端有抹子和水泥（水泥是用来堵切下钢管后，留在墙壁上的孔洞的）。

7 月的太阳烤着我的身体，我根本无法计算自己究竟流了多少汗水。直到后来，我的汗都流干了。

可敬的人们，当你们在某座楼上安家享受生活美好的时候，你可曾想到，有多少人曾为你住的这座楼房洒下过他们辛勤的汗水啊！是的，任何一种生活的幸福，都是无数汗水浇灌的结果。劳动，永远是我们生活的主人，永远是幸福的源泉。

4 个多小时过去了，工作终于接近尾声。当我割下最后一根钢管，把最后一刀水泥用尽全身的力气堵住那个孔洞后，我的胳膊再也抬不动了。我目光茫然，也不知望着哪一个方向。恍惚中我突然发现在我的脚下，说准确点，是在这座楼房旁边的那条大马路上，不知什么时候，已经停下了黑压压一大片人。他们全都仰着头，那么专心地望着我。泪水一下子涌出我的眼眶。我百感交集，但却说不出一句话，也做不出一个表情，只能任泪水爬满脸颊。

可亲可敬的人们啊！我应当感谢你们。感谢你们为一个陌生的人驻足停留，感谢你们为一个劳动者抬头观望。你们增添了一个普通人生活的信心，你们维护了一个劳动者应有的尊严。

斗转星移，三年的时间一晃过去了。三年来，我不知道自己流了多少汗水，受了多少委屈，吃了多少苦。可是不管生活怎样艰难，不管命运怎样把我一次又一次推向苦难之门，我却从来没有屈服，没有被困难吓倒。我始终满怀感激地生活着，不论是对父母、亲友，还是对那些陌生的人们，我都怀有一种说不出的感激之情。

对于一个心中充满感激之情的人，又有什么能够使他向生活低头呢？

感恩寄语

憎恶苦难，抑或感恩苦难，这是一个苦涩的人生难题！

我不知道在我们周围的城市里，在那样巍峨华丽的高楼大厦中，有多少来自乡村的民工，有多少刚刚走出校园的少年。在城市的孩子不知道生活的艰辛，还在父母面前撒娇时，一个17岁的少年走上了人生的第一个考场。

当危险的工作压上肩头时，他知道无可逃避，必须勇于承担；当爬到10层楼上进行悬空作业，他的生命只能依靠粗陋的工具时，他深刻地认识了工头的冷酷与吝啬；当烈日照在脸上火辣辣的疼，泪水充满了眼眶，他耗尽了最后的力量时，他才最深层次地认识了生活的艰辛。

社会是人生最冷酷的大学，高楼之上是青春最好的考场，他成功地通过了考试，从此以后，再困难的处境也不能阻挡他的奋斗与拼搏。

让我们感恩为此城市默默无闻、受苦受难的建设者，让我们不再抱怨命运的不公平，也不再垂头丧气，要知道，一个人能够活在世上，是多么不容易啊！

他们是在用心歌唱他们所正在过着的生活。

给生命配乐

侯建臣

有时候走在街上，总想哼一种调子。不管是什么调子，也不管跑调不跑调，就是很随便地哼，很投入地哼，哼着哼着，就发现原来那调子一直是和自己的脚步合拍的。哼着哼着，也就发现那调子原来也和自己的心跳声是合着拍的。

其实慢慢地发现，我们有时在干活的时候，有时在沉思的时候，有时在痛苦的时候，有时在快活的时候，总会有意无意地哼一哼。哼一种老调或者哼一种新调或者就顺着我们的心跳哼一种不是调的调，那调要是让别人听了实在是难听极了，而我们那时觉得是那么动听。

那是真的动听，是全身感到舒畅的动听。

那一刻就觉得天底下没有什么比那种调子更让人觉得动听的了。而且我还发现一个人不管是烦恼的时候也好痛苦的时候也好，只要一哼起一种属于自己的调子，就会慢慢地变得开朗，眼前的路也就开阔起来。

我曾经好多次见过父亲一个人一边干着活，一边随意地哼着。父亲是木工，他一般戴着一顶很破的帽子，帽檐朝一边歪着，在帽子下面插着一支铅笔，他一边挥动凿子凿着木头，一边哼着调子。他在阳光下的影子显得十分生动。父亲的调子是那种很粗放的调子。我也曾经多次见过母亲一边收拾着家一边哼着，母亲哼得很细很细，被人听到了她就会不自然地笑笑。等人走了她就又开始哼了。其实那时我们的家很困难，父亲和母亲身上的担子也很重。可他们却会不时地哼出他们心底的旋律来，父亲和母亲都是这个世界上很普通的人，但在他们一边干活一边哼歌的时候，我觉得他们很美很美。他们是在用心歌唱他们所正在过着的生活。

很多年后，我一想到小时候见到的父亲和母亲一边哼着歌一边干活的情景，就忍不住在心中感动不已。

很难想象一个能够很随意地从心底哼出歌的人会不热爱生活，会厌倦人世。

记得很小时候，天黑的时候一个人要从一个很远的地方回家，因为路远，而且还要经过一块坟地，所以就很害怕。总感觉有什么东西就跟在自己的后面，于是在

心里一遍一遍地说我是大人，好像是要告诉谁似的。但这一招并不起作用，因为自己的心里很清楚并不是一个大人。就哼起了歌，哼得很响，在黑夜的旷野里就只能听到自己的歌了。那一刻似乎自己真的大了。那段路也在不知不觉中走完了。

在走那段路的时候，哼歌让我使自己增添了自信。使我从容地走过了一段本来应该很艰难的路。

我就想父亲和母亲在哼歌的时候是不是也在为自己增加自信呢？在繁杂的生活面前他们肯定也会感到压力和沉重。但哼着哼着，那些东西就显得很轻很轻了。我曾经问过他们，母亲没说话只是笑着，而父亲则是像在沉思什么的样子，他们要回答的一切就在他们的笑容里和沉思着的眸子里了。

生活就是这样，父亲和母亲用他们心中的旋律使沉重的生活变得轻快起来了，倘若他整日愁眉苦脸，很难想象我们当时的生活会是什么样子。

生活有时似一场大型交响乐，但生活有时又似很单纯的二胡独奏；生活有时是激越的，但大多数时间则是小河一样静静地流着。谁想让生活永远澎湃着永远着激情那是不可能的也是不现实的。而流动着的生活更能让人品出生活的真味，也更能让人陶醉其中。

乐于给自己的生命配乐，起码说明我们还是很看重我们的生命，说明我们的生命还有值得我们为此而干下去的东西。我们也就会活得有滋有味。

而给自己的生命配了乐，我们的生命本身也就有了色彩，有了旋律，有了让我们走下去的信心和勇气。

感恩寄语

给自己的生命配乐，多么生动而优美的创意。

每个人心中都有自己的调子，不管是父亲做活时的粗放，还是母亲忙碌时的轻柔，不论是夜深赶路抵挡害怕的大声歌唱，还是独自一人收拾心情的浅吟低唱，不论是老歌，还是新歌，不论是好听，还是难听，人生的交响乐无时无刻不展示着歌者的心情。

歌声是我们最亲近的朋友，每个人都可以拥有一位这样的伙伴。孤单、快乐、悲伤、兴奋的时候，歌声都会陪伴我们。它用欢快的旋律为生活增色，用悲伤的曲调感染环境。文章中父亲和母亲虽然从事艰苦的劳动，但是他们是快乐的，尽管生活拮据，但是他们有歌声为自己的生活配乐。边走边唱，无论曲调是否优美，节奏是否完整，都是发自内心的心情写照。我们害怕天黑，歌声可以为我们驱赶恐惧；我们畏惧孤独，歌声可以使我们快乐起来。

让我们也大声地唱起来吧，让我们发现生活的点滴乐趣，尽情地抒发自己对生活的自信与快乐，让我们把唱歌当成自己的好朋友一样，告诉自己，我们的生命值得珍重，我们的生活充满了惊喜和欢乐！

树低语着："我很抱歉。我很想再给你一些东西，但我什么也没剩下。我只是个老树墩，我很抱歉。"

给予树

从前有一棵树，它很爱一个男孩。每天，男孩都会到树下把树的落叶拾起来，做成一个树冠，装成森林之王。有时，他还会爬上树，抓住树枝荡秋千，或者吃树上结的果子。有时，男孩还和树一块玩捉迷藏。要是他累了，就在树荫下休息。所以，男孩也很爱这棵大树。

树感到很幸福。

日子一天天过去，男孩长大了。树常常觉得孤独，因为男孩很长时间不来玩了。

有一天，男孩又来到树下。树说："来呀，孩子，爬到我的树干上来吧，你可以在树枝上荡秋千、吃果子，可以到我的树荫下来玩。"

"我长大了，不想再这么玩，"男孩说，"我要娱乐，要钱买东西，我需要钱。你能给我钱吗？"

"很抱歉，"树说，"我没钱，我只有树叶和果子，你采些果子去卖吧，卖到城里去，就有钱了，这样你就会高兴的。"

男孩爬上树，采下果子，把果子拿走了。

树感到很幸福。此后，男孩很久很久都没有来。树又感到悲伤了。

终于有一天，那男孩又来到树下，他已经长大了。树高兴地颤抖起来，说："来啊，孩子，爬到我的树干上来荡秋千吧。"

"我忙得没空玩这个，"男孩说，"我要成家立业，我要一间屋取暖。你能给我一间屋吗？"

"我没有屋，"树说，"森林是我的屋。我想，你可以把我的枝砍下来做间屋，这样你会满意的。"

于是，男孩砍下了树枝，背去造屋。

树心里很高兴。

此后男孩又好久好久没来。有一天，他又回到了树下，树是那样地兴奋，连话都说不出来了。过了一会儿，它才轻轻地说："来啊，孩子，来玩。"

"我又老又伤心，没心思玩，"男孩说，"我想要条船，远远地离开这儿。你给我一条船好吗？"

"把我的树干砍下来做船吧，"树说，"这样你就能离开这里，你就会高兴了。"

男孩就把树干砍了下来，他真的做了条船，离开了这里。

树很欣慰，但心底里却很难过。

又过了好久，曾经的那个男孩又回到了树下。树轻轻地说："孩子，我什么也没有剩下，什么也不能给你了。"

它说："我没有果子了。"

他说："我的牙咬不动果子了。"

它说："我没有树枝了，你没法荡秋千了。"

他说："我老了，荡不动秋千了。"

它说："我的树干也没了，你也不能爬树了。"

他说："我太累了，不想爬树了。"

树低语着："我很抱歉。我很想再给你一些东西，但我什么也没剩下。我只是个老树墩，我很抱歉。"

男孩说："现在我不要很多，只需要一在个安静的地方坐一会儿，歇一会儿，我太累了。"

树说："好吧。"说着，它尽力直起它的最后一截身体。"一个老树墩正好能坐下歇歇脚，来吧，孩子，坐下，坐下休息吧。"男孩坐在了树墩上。

感恩寄语

只有全心全意的付出，没有一丝一毫的索取，这是一则关于父母与孩子的寓言。

一棵树，在孩子的童年时代，枝繁叶茂，花果飘香，给孩子带来无数的自由与快乐。在男孩的少年时候，奉献出自己的果实，给孩子换来金钱，换来快乐。在男孩的青年时代，献出自己的枝，为孩子建造一座房子，成家立业，挡风取暖。在男孩的中年时代，献出自己的身体，让他造船远行，追逐梦想。在男孩老年时，献出自己的树墩，让疲惫的人休息歇脚，回忆往事。

树永远会为男孩的快乐而幸福，只要能带给喜欢的人快乐，即使把自己弄得遍体鳞伤，甚至奉献自己的所有，自己也会感到快乐。但男孩却一天天地索取，一天天地冷漠，一天天地远离，全无回报，从不感恩。但树没有后悔，只要能为男孩尽最后一点儿力，它都愿意。一直到变成树墩，在男孩生命的最后，还给他歇脚依靠。

从不计较从所爱者身上得到什么，只想着自己能给予他们什么，这是为人父母者永远的高尚和伟大。

女患者这样评价自己的男友："我把全部真爱都交给了他，可是他却不负责任地将麻烦都交给了我。"

沟通要扣住实质

威廉·戈夫曼医生曾经在中国一家医院进修。在进修期间他在那家医院的精神科担任实习医生。这家医院的病人很多，所以他们这些实习医生不仅要观摩老医生们的工作，而且还时常要自己接待一些病情较轻的病人。

一天，有一位年轻的女患者独自一人来到诊疗室，别的医生都在忙着，所以只有威廉·戈夫曼医生来接待她。戈夫曼医生当时感到很奇怪：她的家人和朋友居然让她一个人来。因为当时来到精神科寻求治疗的人大多已经出现很多精神病症状，一般患者都是由家人或朋友陪同前来。于是戈夫曼医生问她："没有其他人陪你来吗?"她很干脆地回答道："没有，难道我一个人来还不够吗？希望你快一点，我还有其他事要做。"

"也许这名患者的症状不明显，或者她的病并不严重。"威廉·戈夫曼医生这样想着，接着他对这名女患者说："看来你的病情并不严重。"戈夫曼医生这样说一方面表达了自己的真实想法，另一方面也想要安慰患者使她轻松点。可是听到戈夫曼医生的话之后，那位年轻的女患者居然恶狠狠地瞪了戈夫曼医生一眼，说："病情不严重？我都痛苦到这种程度了，你还说病情不严重。"看到她的反应，戈夫曼医生想她可能是一位抑郁型患者，于是告诉她："不要把事情想得那么严重，一切都会慢慢好的。"可是她依然不能领会戈夫曼医生的好意，居然抱着头冲他大喊："请你不要再浪费时间了，我实在是痛苦得要命。"戈夫曼医生连忙问："你哪里不舒服?"她回答："头疼。"戈夫曼医生认为她可能是精神病发作了，于是只想迅速让她安静下来，他马上吩咐护士给她服用了点镇静剂，服用了镇静剂之后，这名女患者果然安静了下来。

一直想搞清楚对方病情的戈夫曼医生又尝试着问女患者："你从什么时候开始出现这些症状的?"这名女患者这次出奇地配合，她告诉戈夫曼医生是从和男朋友交往之后才这样的，因为她的父母并不赞成自己与男友交往，可是她却决定执着地追求真爱，但在她将全部真爱付出时，男友却离她而去。女患者这样评价自己的男友："我把全部真爱都交给了他，可是他却不负责任地将麻烦都交给了我。"

听到这话，威廉·戈夫曼医生吓了一跳，因为据他了解，中国的女孩子是相当含蓄的，这个女孩子的说法显然是在含蓄地表明她已经怀孕了。可是戈夫曼医生刚才却给她服用了镇静剂，剂量虽然不大，但很可能对胎儿有影响。于是他急忙向女患者道歉："对不起，我不知道你有孕在身，现在我带你到妇产科去检查好吗?"对方显然又被戈夫曼医生激怒了，而且这一次的表现相当暴躁，她大骂戈夫曼医生："神经病，乱说话，玷污他人。"

威廉·戈夫曼医生感到问题太严重，自己无法处理了。幸亏这时旁边负责为戈夫曼医生提供指导的老医生走过来，通过他与病人的一番交流，戈夫曼医生才明白，原来对方患的是比较严重的神经性头痛，可是对医院不甚了解的她却在挂号时挂了精神科的号，结果就遇到了戈夫曼这个刚刚开始实习的外国医生。病人对戈夫曼医生和医院的误会终于得以解除，否则后果真是不堪设想。

感恩寄语

英国作家弗农说：经验是一位先行测试然后才授课的严厉的教师。美国作家乔希·比林斯说：经验犹如一所大学校，它能使你认识到自己是个什么样的傻瓜。

威廉·戈夫曼医生无疑是一位善良、负责而又充满爱心的医生，但他用猜想代替交流，用武断代替调查，在与病人的交流中犯了可笑的错误，差点造成了难以弥补的后果。

沟通就是一种人与人交流的艺术。缺少沟通就会缺乏理解，不会沟通就会误人误己。没有进入实质的无效沟通可能会浪费时间、耽搁工作，引起不必要的麻烦，充满智慧的沟通可以拉近人的距离，改善人与人的关系，让自己的生活变得生动多彩。

在这个案例中，威廉·戈夫曼医生根据自己以往的经验推想病人，他有热情，有爱心，却办了坏事；病人挂错了号，同时表述不清，让人误解。

也许，在人与人的沟通过程中，简洁和直接是最有效的沟通方式，为了珍惜彼此的时间，也为了避免产生不必要的麻烦。这才是我们正确的交流态度。

孤独不哭，不再哭。

寂寞如雪，我学会了孤独。

孤独不哭

幼时，父母总是将我一个人扔在家里。我很寂寞，很害怕，而且我总是会哭。一次，母亲回来，我急切地去接她，一阵大风居然把门带上。我们没有钥匙，多亏父亲及时回来，否则屋内烧着的水险些酿成了火灾。又有一次，我站在窗台上等父母下班，一眼看见父亲回来了，又看到他带回那么多零食、玩具，于是高兴得从窗户迈出脚去。多亏母亲先到家，一把拉住了我，我险些从窗户掉下去，差点儿出了事故。

事后，父母教训了我。可是，我哭了，因为那时我真的很害怕，何况我还那么小。

二年级时，父亲住校了，母亲升职，忙得不可开交，家里便又是我的“个人舞台”。刚刚搬进新家，屋子大了好多，也多了好多东西，在屋子里总好像能听见其他屋子中有异响。没有父母在，总怕那时“闯空门”的小偷光顾。白天还过得去，到了晚上，我恐惧地把电灯打开，巡视一下各个屋子的情况，然后流着泪在大厅里看电视，等着母亲回来。每次母亲回来，都会奇怪地问我为什么把各个屋子的灯都打开，为什么总是像哭过一样，有感人的电视剧吗？不会节约用电怎样怎样的事情。我不敢开口，不想影响天天加班的母亲。

我也乞求过母亲：“你每天不要加班了，身体要紧，也要回来陪陪我啊。”但是这似乎很难实现。我有时找我的好朋友欣欣来陪我，但他毕竟不能天天陪着我，他的父母也想他啊！后来，晚上一个人在家的时候，我就会弄点肥皂水，到阳台前，看着星星吹泡泡，每吹出一个泡泡就许一个愿，不知不觉中，眼泪便又流了下来。

我就是不习惯自己一个人的日子，我是个不甘寂寞的人。想到那个雷电交加的凌晨，我在家中疯狂地找着母亲，我孤独地坐在床上，面对着伸手不见五指的黑屋子，只有闪电来为我照亮。竟没想到母亲等我睡着后又去单位加班……工作真的那么重要吗？我哭着想。在这样的夜晚，没人紧紧相拥，促膝长谈，我会害怕到极点的。你明不明白，那是怎样的一种落寞？

我哭了，不止一次地哭了，我心惊！我胆寒！

孤独了，失落了，面对生活无所适从了，我又深深理解母亲。仿佛一夜间我变了一个人，不再要求母亲什么了，我告诫自己不准再哭，要学会更坚强，学会更洒脱！我心想，孤独又何尝不是一件好事呢？它让我们做一个身体上和精神上都独立的人。

几个人一起并排着走又何尝不好，为什么总是偏偏剩下自己一个人？在这样一个社会中，有个知心朋友何尝不好？听你诉说，聆听你的真实感受，但自己的生活多半是由你一个人走出来的，你要懂得用自己的眼光看世界。有时，你也可以静下心来想一想自己过去的生活，这是一种多么好的孤独自省的方法！

看来我要孤独下去了，心里想着过去的往事，在河岸边独自走着。我怎么忍心？茫茫的人世路，只剩下我踽踽独行？所以我一定不能哭，更要坚定地活下去。想着过去和父母在这伊通河岸边散步，夕阳映照在河里，美丽又醉人，真希望这一刻不要走，但愿太阳不落山。

孤独不哭，不再哭。

寂寞如雪，我学会了孤独。

感恩寄语

我们都曾有过相似的童年：因为狂喜而制造出许多危险；因为恐惧而害怕小偷，每天晚上让家里灯火通明；因为缺少父母的陪伴，难以理解父母的辛劳与努力；因为孤独难耐，渐渐地学会了独立和坚强。

我们无权指责父母，他们在为家庭奋斗，为人生而努力，他们的辛苦都是为了孩子。但没有父母陪伴的童年是可怕的，它不仅带来孤独和忧郁，还带来亲情的疏离与性格的孤僻，虽然迫不得已，但有时却无可挽回。

我们同情这在孤独中成长的生命。像寂寞的花儿，无人浇灌，无人欣赏；像无名的草儿，在冰冷的初春萌发，在寂寞的荒原成长；像离群的燕子，拖着受伤的翅膀，在生命的清晨一个人悲哀地飞翔。虽然独立，却不快乐；虽然坚强，却没有阳光。

爱自己的孩子，就不要给他孤独的童年，即使你的理由再理直气壮，相比这悲哀的生命，也变得苍白苦涩……

人与人本来应该如此相携相助的。至于人为的孤独，那种恶的浊流，在阳光普照的温馨世界里，只是像山洪那样，尽管会汹涌而来，但来了还会去的。

河对岸人家

李国文

我从心底里感激那被阳光照得灿烂辉煌的小山村。至少它使我在绝望的生活里，从这扇窗户看到了山民身上，也许是中华民族最本质上的善良。

丹河从晋东南逶迤流入豫西北。

平时，这丹河水清见底，游鱼可数，细流潺潺，微波荡漾。磨盘安静地转动，牧羊娃在山坡上嗷嗷地吆喝，一片田园牧歌风味。

但到了夏秋两季，这丹河就变得狂放起来，好像突然长大起来的孩子，旧时的衣衫狭窄得塞不进身体，一下子涨到半山高的滚滚浊流，汹涌而下，咆哮着，席卷着所有能裹挟走的一切，如雷似地冲决着，奔腾着。牛大的石头在水中像鸡卵般被摆弄着，那声势令人可畏可怖。

每到此时，两岸便可望而不可及地分隔开来，鸡犬之声相闻，往来是绝无可能的了。

我始终记得河对岸山顶阳坡上那几户人家，每天清晨阳光先把那小村落照亮。好久好久，这夏秋季节特别耀眼的太阳，从对岸山巅慢慢地滑下来，跨过飞腾的巨流，才照到我们工棚。此刻，已经是晌午了。可到了下午三四点钟，露脸不多一会儿的“日头”（当地人这样称呼），又回到对岸那小山村了。直到我们工棚里黑黢黢的了，对岸屋顶的青石板上，还残留着最后一抹光亮，可以清楚地看到飞鸟归巢，鸡兔进笼，咩咩的羊群和悠闲地摇着脖下铃铛的短角黄牛回村的情景。

那时，我很孤独。

此情此景，似乎成为所有人都不屑理会我时的唯一慰藉。

我刚被“发配”到这崇山峻岭里来的时候，阳坡的桃杏花早过了旺势，倒是我们阴山背后的工棚周遭，晚开的但已零落的花，再也挽留不住匆匆而去的春天，等到我想跨过河去，一探那小小山村的究竟，丹河已经涨水了。

何况，那种大家都具有的自由，对我来讲，是被剥夺了的呢！

其实，我本性好热闹并且恋群，孤独与我无缘。应该说中国人比较缺乏这种“洋”感觉的。倒未必是国人在这方面的神经特别坚强，或者格外迟钝。我想一个人只有在温饱之后，无谋生之虑，才有闲工夫去思量感情的细腻方面。倘若一位先生或一位女士，无论怎样高雅，必须要去为每天的大饼油条奋斗，否则肚皮就不买账的话，怕是来不及孤独的。

但那时我失去了自由，便陷入了人为的孤独里。

一个政治上的禁圈，紧紧把人箍住，虽然是无形的，摸不着也看不见，但却是严峻的存在，圈内圈外，谁也不敢逾越。

我至今考证不出这种惩罚的发明权，究竟属于谁？或许古已有之？或许洋为中用？置身于人群之中，一顶“右派分子”的帽子扣着，成为不可接触的贱民，你不想孤独也不行。所有的人，都像害怕瘟疫地避开我，用这种在人群中画地为牢的孤独，来惩罚一个其实并无过错的人，虽然美其名曰教育，实际更多的是一种文明的残忍。但无论如何要比《水浒传》里林冲脸上刺着金字，发配沧州，进步得多了，想到这里，也不禁凄然一笑，难道这也是可以算得上是时代的进展，文明程度的提高？

这种惩罚式的孤独，早已在个人的记忆里，化为历史，但当我白发苍苍时回首往事，想起来犹心有余悸，甚至到了太平盛世的今天，时不时还会在半夜里被那昨日的恶梦惊醒。于是，随之而来的就出现那阳光下小山村的画面，在脑海深处一幕幕地映现出来，那是当时残留下来的全部记忆中唯一的亮点。因为当时几乎无人理睬，无人交谈，更说不上能得到什么温馨和同情的我，唯一的自由，除了有雾的天气里，山谷里烟云迷漫，遮住了视线，一无所见外，便是可以聚精会神凝望对面山顶上那几户人家。

从屋顶袅袅的炊烟，到每扇门里走进走出的庄稼人，以及活蹦乱跳的鸡犬，悠闲走动的牛羊，走村串巷的货郎担，走亲戚，回娘家的陌生面孔（因为目光所及，只有这相当于电影画面那么大小，从工棚窗户所能看到的那个山村，凡熟悉的身影，常见的面孔，都可以分辨得出谁是村里人，谁不是村里人）……成为我排解孤独的良药。否则，那种被整个社会抛弃的隔绝感，一旦到了承受不住时，精神崩溃，会从崖上一头栽进汹涌的丹河里。

有人这样尝试过，但不是我。

所以，我从心底里感激那被阳光照得灿烂辉煌的小山村。至少它使我在绝望的生活里，从这扇窗户看到了山民身上，也许是中华民族最本质上的善良。一切的恶，在这样生生不息的老百姓心里，几乎是无地自容的。这有点像丹河里的水，不论山洪暴发，水漫山谷，嚣张放肆，雷霆万钧到何等程度，那总是一时的，很快就会泻到下游，很快就会变得如同不曾发过洪水那样，温柔平静，澄澈清净。也许，这就是人生的运行规律，没有永远的黑暗，即使暗无天日的话，也应该相信和寄希望于明天的阳光。

虽然，这样整日间（只要一有空）地打量人家，是很不礼貌的。何况他们山村在亮处，什么都看得一清二楚呢！也许实在是太贫穷的原因，屋顶晾晒的不多的玉米，身上所穿的破旧衣服，证明了这一点，或者由于基本上接近于一无所有，家家户户也就索性无遮无拦地毫不掩饰。久而久之，这山村不是六户便是七户，总数不超过三十多人的每一张面孔，名字是叫不上来的，但大体上谁和谁构成家庭关系，这扇门和那扇门的亲疏程度，谁是长辈，谁是晚辈，不能说了如指掌，恐怕也八九不离十地知道这个小山村的一切。

有时，我也不能原谅自己，在暗中窥探，虽说并非隐私，但总是在人家未加提防的情况下，无论怎样说，也是不道德的。可是我实在难以忍受孤独，而且又是没有尽头的折磨，这种熟悉，和我作为作家的职业习惯无关，纯粹是水滴石穿式的无可奈何的积累。我记起一篇高尔基的小说，一个残废的小孩唯一的快乐，就是窗外雪地里跳跳蹦蹦的麻雀，或许那是世界上能给予他仅有的视野，仅有的朋友，仅有的精神满足了。所以，对乡亲们有什么冒犯的话，那些宽厚的山民也能理解的。

给我留下最难以磨灭的印象，便是第一次到工地后，遭遇到的山洪暴发，于呼啸的激流中“捞河”的壮举了。男女老少，全村出动，而且绝对地同心协力，不分彼此。几个健壮的汉子，腰里系着绳子，拴在全村人手中。在丹河的浊浪里，捞取从上游冲下来的一切，对贫穷的山村人来说，等于一次天赐财富的好机会。即使冒着生命危险，也乐此不疲地一次次朝河中跃去。

最让我激动的一点，尽管这是贪婪的，而且是乘人之危的行为，可一旦飘来尸体的话，什么到手的东西也不要了，想尽一切办法要把死人拖到岸上等待尸家认领。还有，他们有前辈留下来的捞河规矩，凡是完整的家具，锁着的箱柜，都不马上抬回村里，日夜派人守着，必须十天半月以后，水退了，还要等到水清了，确认无主才处理。衣物宁可沤烂，即或非常非常之需要，也绝不染指。这种古风，是在那纯朴的民心中扎了根的。

人与人本来应该如此相携相助的。至于人为的孤独，那种恶的浊流，在阳光普照的温馨世界里，只是像山洪那样，尽管会汹涌而来，但来了还会去的。所以，在过去了若干年以后，又一次落入类似的境遇中时，我想起那山村的启示，便由此坚信，对于一切一切的黑暗，至少不要绝望。

感恩寄语

这是特定时代的特殊遭遇，一位落难的知识分子，失陷在惩罚式的孤独之中，被人们像瘟疫一样地躲避。

幸亏眼前这清净的空间，宁静的山村，纯美的东西容不下一丝不和谐的音调。虽然滔滔的河水挡住了我走近那个山村脚步，但我在每天的“窥视”中感受到了除自然之美外的人情之美。

小山村里居住的农民是善良的，他们与世无争的生活感动了作者，六七户人家，三十几个熟悉的身影，亲密的关系，辛勤的劳动，距离产生的美感安慰着我孤独痛苦的心。小山村里的农民都是纯朴的，他们虽然生活不富裕，但是谁也不贪不义之财。村民们宁愿在河边看守半个月，也不肯将别人锁着的家具抬走，等到大水退去，水清了，无人认领才做处理。这种古风，是在那纯朴的民心中扎了根的。

“政治的洪流”早晚会过去，唯有美与善良才是永恒的。我们向往这纯朴的山村，带着一颗善良的心面对生活，那么生活中即使出现再艰难的事情，我们都可以克服。只要我们在生活中携手相助，那么我们的生活就会永远充满温情，人心也会永远充满感激。

这是我们唯一能为未来做的准备工作，也是克服忧虑、开创人生的关键。

活在今天的方格中

不知道大家是否觉得自己有做不完的事，并认为自己的生活压力越来越大？除此之外，大家是否对自己未来也不是很有把握，不知道未来会是什么样子？在 1871 年的春天，有一位年轻人跟我们一样有这种感觉。他刚从医学院毕业，不知未来何去何从，及如何开业维生。后来他很幸运地看到对他影响深远的二十几个字，改变了他的一生。

那天他从书上读到的那二十几个字，使他成为当代名医，日后创立美国医学界最有名的约翰霍普金斯医学院，并获得英国国王颁授的爵位。他的名字是威廉·奥斯勒爵士。他在 1871 年所看到的二十几个字是："我们的首要之务，并不是遥望模糊的远方，而是专心处理眼前的事务。"

多年后的一个春天，奥斯勒在耶鲁大学向学生做演说。他告诉学生们像他这样的名教授，又是医学院的创办人，大家一定认为他的能力应该是超人一等，可是他强调那是绝对不正确的。他的好朋友都知道，他其实资质平庸。那么，他成功的秘诀到底是什么呢？他认为完全归功于那二十几个字，清楚地提醒他要“活在今天的方格中”。

在演说前的几个月，奥斯勒曾搭船横渡大西洋。他注意到船长室有一个按钮，按下后会使所有舱立即封闭，就此隔绝，以防止水涌进其他船舱。他开始对学生说：“你们在座的每一位，都是比轮船更精密的个体，而且有更遥远的航程。我督促各位在人生旅途上航行要确保航行安全，务必要学会‘活在今天的方格中’。记得要按下您心中的那个按钮，跟已逝的过去隔绝，并再按一次钮，与不可知的未来隔绝，专心把今天活好。人类的救赎就在今天，而浪费精力为昨日的挫折与未来的挑战忧心，只会拖累自己。所以，记得把舱门关紧，练习活在今天的方格中！”

奥斯勒的意思是要我们不为明天做计划吗？绝对不是的。他真正的意思是如果我们想要为明天作最佳准备，就要将自己所有的智慧与能力、热忱，积极地投入到今天该做的事务中。这是我们唯一能为未来做的准备工作，也是克服忧虑、开创人生的关键。

感恩寄语

每个人都有美好的理想，宏大高远，令人神往。但有的人沉醉于未来，耽于空想，将美好的光阴失落在徘徊与空虚之中，却把责任归罪于坎坷的命运。有的人将美好的理想细化成一个个小小的目标，一步步扎扎实实，一天天循序渐进，终于在未来的某一天，达到了人生的远方。

威廉·奥斯勒爵士的成功便源于“活在今天的方格中”。远方并非不重要，但那太遥远，太抽象，长久高昂的脖颈总是无法承受希望的重量；身边的一切才是最具体、最真实的，才最值得付出与欣赏。

我们时常在生活中徘徊，早早地期待未来的生活。结果，碌碌无为地度过一生。“今天的方格”框定了我们今天的生活目标、今天的学习、今天的工作。而明天的大门还没有为我们敞开，与其站在门外幻想门内的世界，不如为明天作最好的准备。把握今天的一分一秒，投入自己最大的热情、智慧和能力，这是我们唯一能为未来做的事情，是任何成功的人的必经之路。

好比下棋，运筹帷幄，决胜千里虽然重要，但更重要的是打好眼前的这一仗。

她的笔画很纤细，几乎是畏缩地挤在一起的。任何人阅读时都是要稍稍费力，才能清楚辨别其中的意思。

活着，其实有很多方式

王浩威

看见她自己带来的医疗转介单时，这位医师并没有太过兴奋或注意，只是例行地安排应有的住院检查和固定会谈罢了。

会谈是固定时间的，每星期二的下午 3 点到 3 点 50 分。她走进医师的办公室，一个全然陌生的环境，还有高耸的书架，氛围严肃，她几乎不敢稍多浏览，就羞怯地低下了头。

就像她的医疗记录上描述的：害羞、极端内向、交谈困难、有严重自闭倾向，怀疑有防卫掩饰的幻想或妄想。

虽然是低低垂下头了，还是可以看见稍胖的双颊还有明显的雀斑。这位新见面的医师开口了，问起她迁居以后是否适应困难。她摇摇低垂的头，麻雀一般细微的声音，简单地回答："没有。"

后来的日子里，这位医师才发现对她而言，原来书写的表达远比交谈容易许多了。他要求她开始随意写写，随意在任何方便的纸上写下任何她想到的文字。

她的笔画很纤细，几乎是畏缩地挤在一起的。任何人阅读时都是要稍稍费力，才能清楚辨别其中的意思。尤其她的用字，十分敏锐，可以说表达能力太抽象了，也可以说是十分诗意。

后来医师慢慢了解了她的成长。原来她是在一个道德严谨的村落长大，在那里，也许是生活艰苦的缘故，每一个人都显得十分的强悍而有生命力。

她却恰恰相反，从小在家里就是极端怯缩，甚至宁可被嘲笑也不敢轻易出门。父亲经常在她面前叹气，担心日后可能的遭遇，或是一些唠叨，直接就说这个孩子怎么会这样不正常。

不正常？她从小听着，也渐渐相信自己是不正常的了。在小学的校园里，同学们很容易地就成为可以聊天的朋友了，而她也很想打成一片，可就是不知道怎么开口。以前没上学时，家人是很少和她交谈的，似乎认定了她的语言或发音之类的有着严重的问题。家人只是叹气或批评，从来就没有想到和她多聊几句。于是入学年龄到了，她又被送去一个更陌生的环境，和同学相比之下，几乎还是牙牙学语的程度。她想，她真的是不正常了。

年幼时，医生给她的诊断是自闭症；后来，到了学校了，也有诊断为忧郁症的。到了最后，脆弱的神经终于崩溃了，她住进了长期疗养院，又多了一个精神分裂症的诊断。

而她也一样惶恐，没减轻，也不曾增加，默默地接受各种奇奇怪怪的治疗。

父母似乎忘记了她的存在。最初，还每个月千里迢迢地来探望，后来连半年也不来一次了。就像小时候，4 个兄弟姐妹总是听到爸爸的脚踏车声，就会跑出纠缠刚刚下班的爸爸。爸爸是个魔术师，从远方骑着两个轮子就飞奔回来了，顺手还从黑口袋里变出大块的粗糙糖果。只是，有时不够分，总是站在最后的她伸出手来，却是落空了。

从家里到学校，从上学到上班，她都独立于圈圈之外。直到一次，沮丧、自杀的念头又盘踞心头而纠缠不去了。她写了一封信给自己最崇拜的老师。

大家觉得她是个奇怪的人，总是用一些奇怪的字眼来描述一些极其琐碎不堪的情绪，那些文字也就被认定是不知所云了。家人听不懂她的想法，同学也搞不清楚，即使是自己最崇拜的老师也先入为主地认为那只是一堆呓语与妄想，就好心地召来自己的医生朋友来探望她。这就是她住进精神病院的原因。

医院里摆放着一些过期的杂志，是社会上善心人士捐赠的。有的是教人如何烹饪裁缝，如何成为淑女的；有的谈一些好莱坞影歌星的幸福生活；有的则是写一些深奥的诗词或小说。她自己有些喜欢，在医院里又茫然而无聊，索性就提笔投稿了。

没想到那些在家里、在学校或在医院里，总是被视为不知所云的文字，竟然在一流的文学杂志刊出了。

原来医院的医师有些尴尬，赶快取消了一些较有侵犯性的治疗方法，开始竖起耳朵听她的谈话，仔细分辨是否错过了任何的暗喻或象征。家人觉得有些得意，也忽然才发现自己家里原来还有这样一位女儿。甚至旧日小镇的邻居都不可置信地问："难道得了这个伟大的文学奖的作家，就是当年那个古怪的小女孩?"

她出院了，并且凭着奖学金出国了。

她来到英国，带着自己的医疗病历主动到精神医学最著名的 Maudsly 医院报到。就这样，在固定的会谈过程中，不知不觉地过了两年，英国精神科医师才慎重地开了一张证明她没病的诊断书。

那一年，她已经34岁了。

只因为从童年开始，她的模样就不符合社会对一个人的规范要求，所谓“不正常”的烙印也就深深地标记在她身上了。

而人们的社会从来都没有想象中的理性或科学，反而是自以为是地要求一致的标准。任何超出常态的，都被斥为异常而遭驱逐。而早早就面临社会集体拒绝的童年和少年阶段，更是只能发展出一套全然不寻常的生存方式。于是，在主流社会的眼光中，他们更不正常了。

故事继续演绎，果真这些人都成为社会各个角落的不正常或问题人物了。只有少数的幸运者，虽然迟迟延到中年之际，但终于被接纳和肯定了。

这是新西兰女作家简奈特·弗兰的真实故事，发生在上个世纪四五十年代的故事。她现在还活着，还在孜孜不倦地创作，是众所公认当今新西兰最伟大的作家。

感恩寄语

独特的生活经历和独特的个性创造出独特人生。

我们同情简奈特·弗兰的经历，从小的胆怯与内向，让她不像那些机器生产出来的东西，可是有谁会记住那些没有特色的东西呢？世界因为有了差异，才变得多姿多彩。每个人都有自己的生活方式，如果我们一味地用同一种标准审视别人的生活，那么世界就会变得死气沉沉，没了生气。也许我们都曾经是棱角鲜明的个体，终于被别人的言语、公众的评论磨去了棱角，不敢张扬，失去了个性。

我们又为简奈特·弗兰感到庆幸，在家人、社会邪异的目光中，在医院和精神病院的生活与治疗中，她终于用自己擅长的，找到了自己的生活方式。一个人的个性可以被社会舆论抹杀得所剩无几，当我们不被公众所认可的时候，请不要急于否定自己，不要让别人的思想取代了自己。找到真正的自我，才能活出有意义的人生。

有谚语云：每个人都是一棵充满可能的树……

天底下，不论是穷人、富人，只要他们听到别人赞美自己的某一优点，他们就一定会全心全意去维护这份美誉，生怕辜负了自己和别人。

己所欲，施于人

天底下，不论是穷人、富人，只要他们听到别人赞美自己的某一优点，他们就一定会全心全意去维护这份美誉，生怕辜负了自己和别人。赞美不但让别人高兴，也可以让自己获得无数的友谊和帮助，希望你能够培养起这种习惯。其实喜欢别人的赞美是一般人的心理，尤其是小孩子，不信你向小女孩称赞她长得漂亮可爱，或是她的洋娃娃很好看，看看她的反应如何？大人看似心智成熟，其实需要赞美的心理并未消失，所以女孩子买了新衣服，总要问问女伴好不好看。说好看，她便乐了。男人呢？对年轻人说他长得英俊潇洒，他一定高兴，对中年人说他性格有味道，他也一定开怀！所以，在社会上行走，你一定要善于赞美，它可以提高、润滑你的人际关系，让你到处受欢迎。

查尔斯·史考伯是美国商界年薪最早超过 100 万美元的人中的一位。安德鲁·卡耐基选拔他为新组建的美国钢铁公司的第一任总裁，而当时他只有 38 岁。为什么钢铁大王安德鲁·卡耐基要付给史考伯一年 100 万美元呢？因为史考伯是一名天才吗？不是。是因为他对钢铁的制造，知道得比其他人多吗？也不是。史考伯曾亲口说过，他的手下有许多人，他们对钢铁的制造，知道的比他还多。史考伯说，他得到这么多的薪金，主要是因为他跟人相处的本领。这是他以自己的话语道出的秘诀——这些话语将会改变你我的生活，“如果我们能够确实去实行的话，我认为，我那能够使员工鼓舞起来的能力，是我所拥有的最大资产。而使一个人发挥最大能力的方法，就是赞赏和鼓励；再也没有比上司的批评更能抹杀一个人的雄心了。我从来不批评任何人。我赞美鼓励别人的工作，因此我善于称赞，而讨厌挑错。如果我喜欢什么的话，那就是我诚于嘉许，宽于称赞。”这就是史考伯的做法。但一般人怎么做呢？正好相反。如果他不喜欢做什么事，他就一心挑错；如果他喜欢的话，他就什么也不说。正如一句老话所说的：“第一次我做错了，我马上就听到指责的声音；第二次我做对了，但是我从来没有听到有人夸奖。”“我在世界各地见到了许多大人物，”史考伯说，“发现任何人——不论他多么伟大，地位多么崇高——无一不是在被赞许的情况下，比在被批评的情况下工作成绩更佳、更卖力。”

真诚的称赞也是洛克菲勒待人的成功秘诀。当他的合伙人艾德华·贝佛处置失当，在南美做错一宗买卖，使公司损失100万美元的时候，洛克菲勒原本大可指责一番；但他知道贝佛已尽了力——何况事情已经发生了。因此洛克菲勒就找些可称赞的话题，他恭贺贝佛保全了他所投资金额的60%。“棒极啦，”洛克菲勒说，“我们没法每次都这么幸运。”

有一次，维克在纽约的第33街和第8街交叉的那家邮局排队寄一封挂号信。他发现那位负责挂号的职员对自己的工作感到很不耐烦——称信件、卖邮票、找零钱、发收据，年复一年重复同样的工作。因此维克对自己说：“我要使这位仁兄喜欢我。显然，要使他喜欢我，我必须说一些好听的话，不是关于我自己，而是关于他。”所以维克就问自己：他真有什么值得我欣赏的吗？有时候这是个不容易回答的问题，尤其是当对方是陌生人的时候。但这一次碰巧是个容易回答的问题，维克立即就看到了他相当欣赏的一点。因此，当邮局职员在称维克的信件的时候，维克很热情地说：“我真希望有你这种头发。”他抬起头，有点惊讶，脸上露出微笑。“嗯，不像以前那么好看了！”他谦虚地说。维克对他说，虽然他的头发失去了一点原有的光泽，但仍然很好看。他高兴极了，他们愉快地谈了起来，而那个人说的最后一句话是：“相当多的人称赞过我的头发。”维克曾公开说过这段经历。事后有人问他：“你想从他那儿得到什么呢?”维克想从他那儿得到什么？维克又能从他那儿得到什么？如果我们总是如此自私，一心想从别人那儿得到什么回报的话，我们就不会给予别人一点快乐，一句真诚的赞扬——如果我们的气度如此狭小，我们就会罪有应得地失败。

感恩寄语

用赞美赢得世界，这是一种思维方式；鸡蛋里挑骨头，这是另外一种思维方式。

人是感性的动物，不管是怎样的心灵，柔软的、勇敢的、刚强的、脆弱的，都需要他人的肯定。有了别人的赞美，自己的存在便有了成就感和充实感。

孔夫子“己所不欲，勿施于人”的格言贯穿在整个中华民族的文化精髓之中，他在2500多年前便谆谆教诲我们，用尊重赢得尊重，用赞美赢得善意的共鸣，会欣赏的心灵自己也会感受到无限的幸福，只会挑刺的心灵总会长久地迷失于人性的黑暗。

“诚于嘉许，宽于称赞”是查尔斯·史考伯赢得最高年薪的武器，真诚的称赞也是美国钢铁大王洛克菲勒待人接物成功的秘诀。

在希望得到别人赞许的同时也去欣赏和赞美他人吧。我们应该遵守这条“金科玉律”：以希望别人怎样待我之心去对待别人。这条法则的核心就是：永远把对方放在首位。

当你准确地叫出偶尔邂逅的朋友的名字时，对方不仅会充分感受被尊重的感觉，也会加深对你的印象。

记住更多人的名字

吉姆·弗雷德从小家境贫困，在他刚满 10 岁的时候父亲就离开了人世，只留下身体单薄的母亲和年幼的弗雷德。

无论生活多么贫困、环境多么艰难，吉姆·弗雷德和他的母亲都从来没有放弃过对生活的希望。尤其是弗雷德，凡是认识他的人几乎都会被他积极乐观的精神所感染。不过，初次与弗雷德接触时，大多数人还是忍不住对他的成功经历感到惊讶：吉姆·弗雷德小时候因家境过于贫困而无钱读书，所以他的学历极其有限——事实上，他刚刚念完小学就被迫干起了临时工。可是在他 46 岁的时候却担任了美国国家邮政部长的职位，在他年近 50 岁的时候还被美国的 4 所名牌大学授予荣誉学位，甚至罗斯福成功入主白宫，也得益于他的倾力相助。

既没有显赫的家境，也没有高深的学历，吉姆·弗雷德究竟是靠什么取得成功的呢？几乎所有人都会带着这个疑问去向吉姆·弗雷德本人讨教。带着这个备受众人关注的问题，一位年轻的记者叩开了吉姆·弗雷德先生办公室的大门。

吉姆·弗雷德本人十分健谈，年轻的记者和他交谈时感到从未有过的兴奋和愉快。很快，年轻的记者就迫不及待地向弗雷德本人提出了自己一直以来都想知道的问题。他掩饰不住内心的激动，拿着采访笔记对弗雷德先生说：“吉姆·弗雷德先生，我受很多年轻人的委托前来向您询问一件事，不知道您是否愿意告诉我们真正的答案。”听到记者的话，弗雷德发出了爽朗的笑声，他亲切地对记者说：“我会尽我所知回答你提出的每一个问题，不过，在你提问之前，我可能已经对你的问题猜到了八九分。”记者先是感到纳闷，不过，他很快反应过来，对弗雷德说：“那您说一说我想问的问题是什么？”

弗雷德说：“你想问我的问题，很可能就是我能够取得今天的成就，其中是不是有什么秘诀。”听到吉姆·弗雷德本人如此坦诚地说出了困惑自己很久的问题，记者突然感到轻松多了。他知道不用自己再问，弗雷德自己就会说出问题的答案。果然被记者猜中了，弗雷德说：“辛勤地工作，这就是我成功的秘诀。”记者对这个答案感到非常不满，他几乎想也没想就说："不，这不是我要的答案。我听说您至少能随口说出一万个曾经认识的人的名字，这才是您获得成功的秘诀。"年轻的记者以为弗雷德会赞成自己的观点，并且为自己了解这么多的信息而感到惊讶，没想到弗雷德却说："不，我至少能准确无误地说出5万个人的名字。并且，若干年后再遇见他们时，我依然会叫出他们的名字，我还会问候他们的妻子、儿女，以及聊起与他们工作和政治立场等相关的各种事情。"

这下轮到记者感到惊讶了，他不由得问："为什么你能做到这些？你有特殊的记忆能力吗？"弗雷德接着回答道："没有，我只是在认识每一个人的时候，都会把他们的全名记在本子上，并且想办法了解对方的家庭、工作、喜好以及政治立场等，然后把这些东西全部深深地刻在脑海当中；下一次见面时，不论时隔多久，我都会把刻在脑海中的这些信息迅速拿出来。"

尽可能多地记住别人的名字，了解别人的爱好以及需要等，这体现的不是技巧，而是对别人最起码的尊重。当你准确地叫出偶尔邂逅的朋友的名字时，对方不仅会充分感受被尊重的感觉，也会加深对你的印象。

感恩寄语

能准确无误地说出5万个人的名字，这是源于神奇的记忆力，还是源于一种为成功所作的努力准备？

从一个穷孩子到一位白宫政府要员，美国邮政部长弗雷德的传奇经历让人无不好奇他成功的秘诀，然而他的秘诀就是，记住5万个人的名字。弗雷德把自己认识的人的联系方式、性格爱好都记在了本子上，当朋友见面时，他总能准确地叫出对方的名字。

这不是一种秘诀，这是一种面对人生的技巧。在这个重视交流的时代里，开放地面对生活，广泛地交接朋友，记住别人的名字是对别人的一种最基本的尊重。从对方的名字叫起，然后知道对方的喜好厌恶。当对方感觉到你是在尊重和在意他时，他对你也会另眼相看。

所以，当我们在街上遇见老朋友、老同学却一时想不起来他的名字时，除了尴尬之外，让我们记起弗雷德成功的秘诀吧！

小孩回答，“爸，我现在有20美金了，我可以向你买一个小时的时间吗？明天请早一点回家，我想和你一起吃晚餐。”

价值20美金的时间

父亲下班回家很晚，他很累并且还有点烦，他发现5岁的儿子正靠在门旁等他。

“爸，我可以问你一个问题吗？”

“当然可以，什么问题？”父亲回答。

“爸，你一小时可以赚多少钱？”

“这与你无关，你为什么问这个问题？”父亲生气地说。

“我只是想知道，请告诉我，你一小时赚多少钱？”小孩哀求着。

“假如你一定要知道的话，我一小时赚20美金。”

“哦！”小孩低着头回答，接着又说：“爸，可以借我10美金吗？”

父亲发怒了。

“如果你问这问题只是要借钱去买毫无意义的玩具的话，给我回到房间并上床好好想想为什么你会那么自私。我每天那么辛苦工作着，没时间和你玩小孩子的游戏。”

小孩安静地回到自己的房间并关上门。

父亲坐下来后还对小孩的问题很生气，他怎么敢只为了钱而问这种问题？

大约一小时后，他平静下来了，他想，刚才可能对孩子太凶了，或许孩子应该想用那10美金买自己真正想要的，孩子不常常要钱。

父亲走到小孩的房间打开门。

“你睡了吗，孩子？”他问道。

“爸，还没睡，我还醒着。”小孩回答道。

“我想过了，我刚刚可能对你太凶了。”父亲说，“我将今天的闷气都发出来了。这是你要的10美金。”

小孩笑着坐直了，“爸，谢谢你！”小孩叫着。

接着小孩从枕头下拿出一些皱巴巴的钞票。

父亲看到小孩已经有钱了，又要再次发脾气。

小孩慢慢地算着钱，接着看着他的父亲。

“为什么你已经有钱了还想要更多?”父亲生气地说。

“因为我之前不够，但我现在足够了。”小孩回答，“爸，我现在有20美金了，我可以向你买一个小时的时间吗？明天请早一点回家，我想和你一起吃晚餐。”

感恩寄语

多么可爱的小男孩，他懂得父亲工作的辛苦，所以努力地攒钱，选择了这个属于孩子的方式表达自己对父亲的爱。

小男孩想和父亲一起吃晚餐，但是不知道怎样才能让父亲放下工作来陪他。所以，他想到了用付“薪酬”的方法，他要用20美元换取父亲一个小时，并付给他相应的报酬。孩子的方法是天真的，孩子的愿望是单纯的。

多么孤独的小男孩，可能父亲已经忽视孩子很久了。在大人看来，他们努力地赚钱，就是为了家人能生活得好一点，可是孩子需要的不只是金钱，还有父母的关心。幸亏父亲生气之后，终于知道了孩子的渴望。

为人父母，在繁忙的工作之余，应该想一想自己有多久没有陪伴家人了。重视孩子为你做的事情，那是他发自内心的愿望，我们不能让孩子一次次地失望，即使再忙再累，哪怕每晚睡觉前给孩子一个晚安吻，他也会感受到父爱和母爱的温暖。满足他的小小愿望，并不会花费大人们多少力气和时间，但是对于孩子，这可能是他们最大的幸福。

第三辑　人的一生到底在追求什么

人生由无数的追求与选择组成，我们可以追求生存，也可以选择死亡；我们可以追求自信，也可以选择自卑；我们可以追求高兴，也可以选择悲伤；我们可以追求阳光明媚，也可以选择阴雨连绵。正确的追求会给我们带来快乐，让周围的人也感受到幸福；错误的选择，则会使自己的人生黯淡。

可转过身，我的泪水就出来了。李俊大声地在后面喊：“老师您要笑呀，您不要哭！”我点点头，反而哭出声了。

借你一个微笑

李俊是个性格内向的学生，阅完的试卷一发下，我发现他的眉头又锁到一起了，他只得了58分。

一个从来不及格的学生，自信心有多差就不用说了。

我合上教案面无表情地走出了教室。李俊跟了上来，他喉头动了一下，然后眼泪就要掉下来。我站住，等他说话。同学们也围了上来，他的脸涨得通红。我静静地站着，希望他能开口，但他的嘴唇好像紧紧锁住了似的。

他递过一张纸条：老师，我的物理太差，您能不能每天放学后为我补一小时的课？

我可以马上答应他，但面对这样的一个学生我决定“迂回”一下。我牵着他的手到僻静处说：“老师答应你的要求，可这两天我太忙，你等等好不好？”他有些失望，但还是点点头。我知道他中计了，接着说：“你必须先借一样东西给我！”他着急起来，可还是说不出一句话。

“你每天借给我一个微笑，好不好？”

这个要求太出乎他的意料，他很困惑地看着我。我耐心地等待着，他终于眼噙泪花艰难地咧开嘴笑了，尽管有些情不由衷。第二天上课，我注意到李俊抬头注视我，我微笑着，但他把脸避开了，显然他还不习惯对我回应。我让全班一起朗读例题，然后再让他重读一遍。他没有感觉我为难他，大大方方地站起来读了。也许想起了昨天对我的承诺，读完后，他很困难地对我笑了笑。见他这样，我心生一计，又给他设置了一道障碍。我说：“你复述一下题目的要求。”这回他为难得快要哭了。不少同学对他的无能表现很不耐烦，七嘴八舌地争着说起来，我制止住了大家。他终于张口了，语无伦次。我笑着让他坐下。

他开始和同学来往了，一起上厕所，回教室……这样过了好长一段时间，我都没提为他补习的事。一天下课李俊又拦住我，我知道他要干什么，很幽默地向他摊开手。他一愣：“老师您要什么？”我说：“你写给我的条子呀。”他笑了：“我不写条子了，您给我补补课吧。”我面带笑容：“功课你不必着急，到时我会主动找你的，但我向你借的你还没给够我。”

“好的，我一定给足您。”等他高高兴兴又蹦又跳地走出好一段路后，我才像想起来什么似地把他叫回来，递给他一张纸条，那里有我为他准备的一道题。我告诉他，一天之内把它做出来，可以和同学讨论，也可以独立完成。我知道，他宁可“独吞”，也绝不会和同学讨论的。这正是性格内向学生的最大弱点。

下午他说还没做出来，我有点儿不高兴，说晚自习你还没做好，我可要收回承诺了。自习时我见他站在一个男生边上，忸忸怩怩很不自然的样子，我得意地笑了。就这样我先后为他写了 4 张纸条，题目一次比一次难。后来，纸条一到手他就迫不及待地和同学们争论开来。

期末考试李俊成绩尚可，科科及格——看来我为他补得都差不多了。新学期刚开学，李俊休学了，因为他爸遇车祸瘫痪了，而他自小就被妈妈遗弃，这也是他忧郁的一个原因。我有些担心，一个连话都不太愿说的少年，能担负起养护父亲的责任吗？

星期天，我和几位朋友到茶室聊天。刚坐下就被一群小孩子围上了，硬要为我们擦皮鞋。只有一个小孩没冲进来，在外面吆喝着：“擦皮鞋擦皮鞋……”离开茶室，我从那个小孩子面前走过时，发现那孩子竟是李俊！

“老师，让我为您擦一次皮鞋吧。”他说，脸上没有腼腆也没有沮丧。我答应了，伸过鞋子让他很用心地擦着。他一边擦一边说，他虽然不缠人，生意也不错。顾客告诉他，他的笑容很好看。

他又笑着告诉我，不久他还会复学的。他学会了笑，他的笑让他挣半天钱也能养活他和爸爸了。

我也高兴起来，我说："我一定等你回来。"可转过身，我的泪水就出来了。李俊大声地在后面喊："老师您要笑呀，您不要哭！"我点点头，反而哭出声了。

我终于没有给他补课，反而是他为我补了一堂人生课。

感恩寄语

善良的老师在教会学生微笑的同时，也在学生的成长中获得了心灵的感悟。

当内向的学生请求补课的时候，老师巧妙地提出了要求。在他看来，孩子需要的除了知识，更重要的是自信与交流，老师煞费苦心，用几道难题帮助学生克服了出奇的内向。当学生学会微笑的时候，学习不再是痛苦，人生从此变得明朗。这是教育者的智慧和善良。

进步的学生面对父亲车祸后的磨难，勇敢地走上街头，用自己的劳动支撑起苦难的家庭。遇到老师时没有羞愧，唯有劳动的自豪与战胜苦难的勇敢，而且满怀重回校园的愿望。面对这样懂事而阳光的孩子，我们怎能不充满希望与祝福。孩子的成长难道不是源于那些美丽的微笑？

这是一堂独特的人生课，对孩子而言，收获了开朗和希望，对老师而言，收获了责任和善良。对我们而言，又收获了些什么呢？

全力以赴的油箱总是让人不怕任何艰难，因为浑身都充满了干劲；尽力而为的油箱，在遇到很大的困难时，很容易知难而退。

尽力而为还不够

史迪文

一位年轻人远行前，向村里的一位老人请教该注意什么。老人说："全力以赴吧。20年后，你再来找我。"

年轻人经历了许多挫折，但也干了一番令人注目的事业。渐渐地，他似乎感到有些力不从心，算了算20年已满，便回到村里。

"老伯，我已经全力以赴了，以后我该怎样做呢?"已经步入中年的年轻人问。

"以后，你要尽力而为，10年后，你再回来找我。"

10年里，中年人的生活波澜不惊，但他还是回去了。

老人已到了弥留之际，而中年人的双鬓也已泛白。

"其实，这次我没有什么经验可以告诉你了。我只是想说说我的一生。在我还是个年轻人的时候，有人就告诉我要尽力而为，于是，我的前半生庸庸碌碌，一事无成。后来，又有人告诉我要全力以赴，但是，我遭受了许多挫败，我已经输不起了。我的一生很失败，于是，我想知道如果有一个人经历一下我所不曾经历的，他会不会幸福？现在，我知道了，他过得很好。谢谢你!"老人说完，便微笑着闭上了眼睛。

"不，我应该谢谢你!"中年人说。

人本来是很有潜能的，但是我们往往对自己或别人找借口："管它呢，我们已经尽力而为了。"事实上尽力而为是远远不够的，尤其是现在这个竞争激烈的年代，尤其是趁你还年轻的时候。

全力以赴的油箱总是让人不怕任何艰难，因为浑身都充满了干劲；尽力而为的油箱，在遇到很大的困难时，很容易知难而退，而事实上，成功往往只需要咬紧牙关再加一次油而已，请再加一盎司吧。

多年前，有一首流行歌曲叫《祝你平安》，里面有这样几句歌词："你的所得还那样少吗？你的付出还那样多吗？生活的路总有一些不平事，请你多一些开心少一些烦恼。”《祝你平安》这首歌是为我们每个人的油箱加油的好曲。它告诉我们：在生活与工作中，不要过多地计较个人的得失，而要以一种积极的心态去对待我们的生活与工作。

你也许有过这样的经历：尽力而为地努力工作，取得成绩后希望得到肯定和赏识，然而，由于种种原因，你并没有如愿以偿。这时，你应该如何克服内心里那重重的失落感呢？

这时，我们不会叫你想开些，而是想建议你，首先扪心自问一下：“我的工作真的已经做得很到位很完美了吗？我真的已经全力以赴了吗？也许我还可以在已经完成的工作上再加上‘一盎司’。”

我们也许应该明白，尽力而为地完成自己工作的人，最多只能算是一个称职的人。如果在工作中再多加上“一盎司”，你就可能成为优秀者，如果继续加上“一盎司”，你就可能从优秀者成为卓越者。如此，就需要你从一个“尽力而为”的人成长为“全力以赴”的人。当你拥有全力以赴的油箱时，你到哪里都是一位受欢迎的人，因为全力以赴的人会带动周围的人一起积极向上，把他们的油箱也加满了油。

任何一个组织都极其需要全力以赴的成员，任何一名全力以赴的员工都会备受现代企业欢迎。那么，当你还是组织中的一员时，你就应该处处为组织着想，理解管理层的压力，抛开任何借口，全身心地投入。全力以赴的人，是最懂得在工作中时刻都努力为自己再加“一盎司”的人，而他们也通过这种付出，锻炼到了超乎他自己想象的能力。同时也获得了超出自己期望的报酬。

你的油箱有多满？让我们全力以赴吧！用一种积极乐观的态度和行动去对待工作。也许全身心地投入有时候会辛苦，但最终我们品尝到成功的喜悦时，会让我们觉得，我们付出的一切都是非常值得的。

感恩寄语

有这样一个类似的寓言：一天，猎人带着猎狗去打猎。猎人一枪击中一只兔子的后腿，受伤的兔子开始拼命地奔跑。猎狗在猎人的指示下也飞奔着去追赶兔子。然而，追着追着，兔子跑不见了，猎狗只好悻悻地回到猎人身边，猎人开始骂猎狗了：“你真没用，连一只受伤的兔子都追不到！”猎狗听了很不服气地回道：“我尽力而为了呀！”

再说那只兔子，它带伤跑回洞里，它的兄弟们都围过来惊讶地问它：“那只猎狗很凶呀！你又带了伤，怎么跑得过它的？”“它是尽力而为，我是全力以赴呀！”

和人生惊人的相似，人本来是有很多潜能的，可是我们往往会给自己或对别人找借口："管它呢，我们已尽力而为了。"

生活是一场较量，不只是和外界的竞争，更重要的是和自己的竞争。我们总是找各种各样的理由说服自己偷懒、得过且过，所以，我们会留下种种遗憾。老人的前半生用尽力而为的态度面对生活，结果碌碌无为；而后半生则全力以赴面对生活，人生道路却充满坎坷。老人总结了自己的教训，他告诉年轻人要全力以赴面对每件事情，年轻人做到了，当年轻人变成了中年人的时候，老人又告诉他，凡事尽力而为，结果中年人的生活平淡而充实。老人只是把两种生活态度在时间上作了调整，可结果却截然不同。

在这个年代，好像尽力已经不够了，一定要全力以赴，才可以达到目的。

朋友，做尽力而为的猎狗，还是全力以赴的兔子呢？

刹那间，玛丽呆在了那里。脑海里仿佛有一股决堤的潮水涌来，剧烈而有力，玛丽突然眩晕了。玛丽迅速地转过头，泪水再也忍不住流了下来。

梦想与现实的差别

玛丽12岁的时候，喜欢上了学校对门精品店里的一把小提琴。那把小提琴是银灰色的，有一尺多长，显得很精致很漂亮。它挂在对着门的墙上，在红色灯光的照耀下，散发着一种珠光宝气，竟有些梦幻的色彩，看上去分外美丽。每天放学，玛丽都要抬起头看看它。

可她的口袋里只有10美元，10美元，我想无论如何都是买不起那把小提琴的。

父亲看出了女儿眼中的渴望，说："等你上了中学，就买给你。"玛丽很高兴，很快地她上了中学。

但是父亲没有实现他的诺言。失诺的父亲说："等你长大一些再买吧，那时你就会拉了，比方说，到高中的时候。"

玛丽没吭声，只是在心里呼唤她的小提琴。她想自己要有很多钱该多好啊！她幻想着自己抱着小提琴在山野里临风而坐，陶醉地拉着动听的曲子，那该是多么美妙的情景啊！

中学里年少无知的岁月，就是这个梦想，伴着她度过的。

上了高中，玛丽以为梦可以实现了。可父亲却对她说："高中时代是人这一生中非常重要的阶段，一定要把握好，不能贪玩。"

玛丽依旧无言。可心却揪得紧紧的，仿佛有一条打结的布捻子来回抽动一样，隐隐作痛。

有时放学，玛丽总会情不自禁地在精品店门前站立很久，傻傻发呆。店的老板换了，可那把小提琴没变，依旧静静地挂在那里，保持那安详的姿势。

那把时常出现在梦中的小提琴啊！

后来，玛丽上了大学。

父亲说："现在你是成年人了，有些梦想可以尝试着自己去实现。比如那把小提琴，凭你自己的能力，你完全可以得到它。"

玛丽还是不说话，只吃力地点点头。

大一那年的上学期，她得了500美元的奖学金。当别人正计划着买华丽的衣服时，玛丽却小心翼翼地问父亲："可以了吗？"

"可以了。"他爽快地回答。

"你可以和我一起去吗？"

"可以。"

于是，玛丽和父亲第一次进入那家精品店。

玛丽的心怦怦跳个不停，腿也颤起来，像第一次站在讲台一样，有激动，有惊喜，还有些害怕。

父亲说："我们要那把小提琴。"

老板随手把它取了下来。

"多少钱啊？"玛丽问。

"10美元。"

"多少？"玛丽有些不相信，怕听错了，便又惊愕地问了一声。

"10美元。"老板说，"这是一把玩具，一直没人买。"

刹那间，玛丽呆在了那里。脑海里仿佛有一股决堤的潮水涌来，剧烈而有力，玛丽突然眩晕了。玛丽迅速地转过头，泪水再也忍不住地流了下来。

感恩寄语

因为等待，玛丽错过了多少年美丽的时光；缺乏行动，玛丽浪费了多少纯真的幻想。这是怎样一种无奈到令人心痛的遗憾啊！

梦想是一个美丽的梦，我们一生都在为之追求和奋斗。由于时间的延伸，孩提时天真的愿望变得格外的美好旖旎。那些没有实现的愿望，更加让我们日思夜想。在很小的时候我们没有能力实现它，于是纯真的愿望驻扎在我们的心中，等到长大了，凭借着自己的努力获得了奖学金，我们有能力实现这些愿望了，这是多么让人激动的时刻啊！但那把寄托了自己美好理想的小提琴却只是一把价值10美元的玩具。多年的美梦与现实的落差让我们都为之失望和痛苦，巨大的失落感让我们后悔自己不应该揭开梦想的面纱。

为什么梦想总是以遗憾的方式结束？为什么纯真总是遭遇冷酷的现实？也许行动比幻想更加重要，如果玛丽曾经跑去问过这把琴的情况，如果玛丽早已用一把普通的小提琴开始学习演奏……

生命就是一连串的选择，每个状况都是一次选择，你选择如何响应，你选择人们如何影响你的心情，你选择是好心情或是坏心情，你选择如何过你的生活。

你有两个选择

Jerry是美国一家餐厅的经理，他总是有好心情。当别人问他最近过得如何时，他总是有好消息可以说："如果我再过得好一些，我就比双胞胎还幸运喽！"

当他换工作的时候，许多服务生都跟着他，从这家餐厅换到另一家。

为什么呢？因为Jerry是个天生的激励者。如果有某位员工今天运气不好，Jerry总是适时地告诉那位员工往好的方面想。

这样的情境，真的让我很好奇。所以有一天我到Jerry那里问他："我不懂，没有人能够总是这样积极乐观，你是怎么办到的？"

Jerry回答："每天早上起来我就告诉自己：我今天有两种选择，我可以选择好心情或者选择坏心情。即使有不好的事发生，我也可以选择做个受害者或是选择从中学习，我总是选择从中学习。每当有人跑来跟我抱怨，我可以选择接受抱怨或者指出生命中光明的一面，我总是选择指出生命的光明面。"

我说："但并不是每件事都那么容易啊！"

"的确如此，"Jerry也这样说，"生命就是一连串的选择，每个状况都是一次选择，你选择如何响应，你选择人们如何影响你的心情，你选择是好心情或是坏心情，你选择如何过你的生活。"

数年后，有一天，我听到人们说Jerry出了一件意外：有一天他忘记关上餐厅的后门，结果早上有三个武装歹徒闯入抢劫，他们要抢走所有的钱。

Jerry打开保险箱时由于过度紧张，弄错了一个号码，警铃的响声造成了抢匪的惊慌，他们开枪击中了Jerry。幸运的是Jerry很快被邻居发现，紧急送到医院抢救。

经过十多个小时的手术以及良好的照顾，Jerry终于出院了。但还有颗子弹留在他身上……

事件发生6个月之后我遇到Jerry。

我问他："最近怎么样？"

他回答："如果我再过得好一些，我就比双胞胎还幸运了。要看看我的伤痕吗？"

我婉拒了，但我问他在抢匪闯入后的时间里，他都在想什么。

Jerry答道："我第一件想到的事情是我应该锁后门的；当他们击中我之后，我躺在地板上，还记得我有两个选择：我可以选择生或选择死，我选择了活下去。"

"你不害怕吗？"

Jerry继续说："医护人员真了不起，他们一直告诉我：'没事，放心。'但是，当他们将我推入紧急手术间的路上，我看到医生跟护士脸上忧虑的神情，我真的被吓到了。他们的眼里好像写着：他已经是个死人了。我知道我必须采取行动。"

"当时你做了什么？"

Jerry说："嗯！当时有个肥胖的护士用吼叫的音量问我一个问题，她问我是否会对什么东西过敏。我回答：'有。'这时医生跟护士都停下来等待我的回答。我深深地吸了一口气，接着喊：'子弹！'听他们笑完之后我告诉他们：我现在选择活下去，请把我当做一个活生生的人来开刀，不是一个活死人。"

Jerry能活下去当然要归功于医生的精湛医术，但同时也得益于他令人惊异的态度。

我从他身上学到：你每天都能选择享受自己的生命或是憎恨它，这是唯一一件真正属于你的权利。没有人能够控制或夺去的东西是你的态度。

如果你能时时注意身边愉快的事情，你就会因此而变得心情愉快。亲爱的朋友，现在您有两个选择：

1. 你可以遗忘这故事。

2. 将这故事传递给你关心的人。

我选择了2。

希望你也是如此！

感恩寄语

人生由无数的选择组成，我们可以选择生存，也可以选择死亡；我们可以选择自信，也可以选择自卑；我们可以选择高兴，也可以选择悲伤；我们可以选择阳光明媚，也可以选择阴雨连绵。正确的选择会给我们带来快乐，让周围的人也感受到幸福；错误的选择只会让短暂的生命长存于黑夜，哭泣的灵魂与忧伤相伴。

Jerry是智慧的选择者。他无论什么事情他都能往好的方面想，他像一个快乐的星球，向周围的人们散发着幸福的磁场，所以他得到了员工的爱戴。即使被歹徒击中了，生命危在旦夕，医生和护士已经失去了希望，他还在和医生们开玩笑。他像一个乐观的天使，用勇敢感染了医生，自己也得到了命运之神的眷顾。他幸运地活了下来，虽然要归功于医术的高明，但是我们不得不佩服他在生死关头所保持的乐观与勇敢。

人们常说：高兴是一天，生气也是一天，为何不让自己高高兴兴地度过每一天呢？

客观的事情我们是控制不了的，但是我们可以掌控自己的心态，只要我们有一个良好乐观的心态，在面对选择的时候，就能够选择其中更好的一个。

这里十分偏僻，天气很冷，但是我们感觉到：我们生活的地方是广阔无垠的，这里有的是温暖、友谊和乐观。

哦！冬夜的灯光

我和我的妻子珍妮特抛下我们自己的诊所，离开我们舒适可爱的家，来到8000公里外的加拿大西部，一个名叫奥克托克斯的荒凉小镇。这里十分偏僻，天气很冷，但是我们感觉到：我们生活的地方是广阔无垠的，这里有的是温暖、友谊和乐观。

我记得一个冬日之夜，有个农民打电话来说只有他一个人在家，而婴儿正在发高烧。虽然汽车里有暖气，他也不敢冒险带婴儿上路。他听说我不管多么晚也肯出诊，因此请我上门去给他的婴儿治病。

他的农场在15公里外，我要他告诉我怎样去。

“我这里很容易找到。出镇向西走6公里半，转北走1公里半，转西走3公里，再……”我给他搞得糊里糊涂，虽然他把到他家的路线又说了一遍，我还是弄不清楚。

“我知道该怎么办了，医生。我会打电话给沿途农家，叫他们开亮电灯，你看着灯光开车到我这里来，我会把开着车头灯的卡车放在大门口，那样你就找得到了。”他在电话里告诉我这个办法，我觉得不错。

起程前，我出去观察了一下阿尔伯达上空广阔无边的穹隆。在冬季里，我们随时都要提防风暴，而山上堆积的乌云，可能就是寒天下雪的征兆。每一年，都有人猝不及防地在车里冻僵，没有经历过荒原风雪的凶猛袭击，是不知道它的危险性的。

我开着车上路，车窗外面寒风呼呼地怒吼着。果然，正如那位农民所说，沿途的农家全部把灯开亮了。平时一入夜，荒野总是漆黑一片，因为那时候的农家夜里用灯是很节约的。一路的灯光指引着我，使我终于找到了那个求医的人家。

我急忙给婴儿检查病情，这婴儿烧得很厉害，不过没有生命危险。我给婴儿打了针，再配了一些药，然后向那农人交代怎样护理，怎样给孩子服药。当我收拾药箱的时候，我心里在想，那么复杂的乡村夜路，我怎能认得路回去呢？

这时候，外面已经下大雪了。那农人对我说，如果回家不方便，可以在他家过一夜，我婉言谢绝了。我还得赶回去，说不定深夜还会有病人来求诊。我壮着胆子启动引擎，把汽车徐徐地驶离这户人家的门口，说实话，我的心里满怀着恐惧。但是，车子在道路上开了一会儿，我就发觉我的恐惧和忧虑是多余的。沿途农家的灯仍然开着，通明闪亮的灯光仿佛在朝我致意，人们用他们的灯光送我回去。我的汽车每驶过一家，灯光随后就熄灭，而前面的灯光还闪亮着，在等待着我……我沿途听到的，只是汽车发动机不断发出的隆隆声，以及风的哀鸣和轮下雪的声音。可是我绝不感到孤独，那种感觉就像在黑暗中经过灯塔一样。

这时我开始领悟到了阿瑟·查普曼写下这几句诗时的意境：

那里的握手比较有力，

那里的笑容比较长久，

那就是西部开始的地方。

感恩寄语

荒僻的小镇，漆黑的雪夜，善良的农家，孤独却温暖的行程。

这是一串善良的灯光。无数的家庭不再珍惜电力，为一个病痛的孩子，为了一个可能深夜归去的医生，点亮了自己的那一盏灯光。在漆黑的夜晚，沿途的灯光，照亮了大路，也温暖了人心。

这是一串友爱的灯光。那个夜晚，在没有路灯的乡村，是农家房子里的灯，使我们在困难的时候看到了希望，看到了人心的相通。大家团结一致，互爱互助，就可以战胜黑暗，战胜一切困难。

这是一串希望的灯光。即使在最黑暗的夜晚，依然有明亮的灯光在我们眼前出现，在我们心底升起，在我们生活中闪耀。在没有认清道路时，我们不要害怕，因为路途上会有许多好心人为我们指引，会有许多灯光为我们照亮。当别人生活在黑暗中时，我们也不要吝惜自己的灯光。

善良和真情永远是照亮我们生命长夜的熊熊火炬，温暖而炽烈，使我们认清自己的方向，坚定自己的信念。没有灯光的指引，没有好心人的点亮，我们的路途就不会那么顺利、那么平坦。

所以，我们感谢那一路的灯光，是它们使我们在漆黑的夜里看到了希望，找到了真情。

你脸颊发烫，周身发烫，你发现，你也看不够母亲，看着看着，泪水滴了下来。

平民子弟的生日

刘 齐

今天是你15岁的生日，但你并不怎么快乐。坐出租车时，你已经有点扫兴了，因为父母笨手笨脚的姿态，让司机一眼就看出他们不常打车。不少同学的家里都有小汽车了，而你的父母仍然骑着老式自行车，车把那儿有个铁丝筐，运一些白菜萝卜、油盐酱醋。此时躺在爸爸怀里的蛋糕盒，可能也是那种小破筐驮来的。

到了地方，你更加失望，原以为是一个豪华的所在，就像同桌小杰过生日时去过的星级酒店，谁知竟是如此普通的餐馆。陪客也不重要，是父母的朋友，一对老实巴交的夫妇，举止比父母还要拘谨。

餐桌上，四个大人沉闷地谈一些陈年往事，仿佛他们到这里来，不是给你过生日，而只是为了怀旧。你插不上嘴，想象中的生日惊喜一点迹象看不出来，除了那盒貌不惊人的蛋糕，可是它也算得上惊喜？它暂时被搁置在餐馆的窗台上，窗台小，盒子大，盒子的一部分没地方呆，只好没着没落地悬着。

吃完饭，打完包，清理干净桌面，蛋糕终于摆上来了，上面用人造奶油松松垮垮写着四个字："生日快乐"，连你的名字都没有，是不是少写几个字，就是少花点钱？

蜡烛被你匆匆吹熄后，妈妈小心翼翼地把它们拔出，擦净，用原来的包装盒重新装好，喃喃说："还能用呢。"天哪，可不要等到明年继续用，你心想。

爸爸从蛋糕上选了个花纹比较多、比较漂亮的地方，开始切分。第一块本以为是给你的，不料却给了张阿姨，第二块给了王叔叔，第三块才给了你——今天真正的主角，理应最受重视的小寿星。

你绷着脸，抓起叉子，准备把蛋糕狠狠吞进肚中。猛然听见，爸爸让你起立，向叔叔阿姨行礼。你茫然了，很不情愿地起来，两眼斜视，望着墙壁。这时爸爸说，15年前，生你那天，是阿姨送妈妈去的医院。

哦，原来如此，那就行个礼吧。

阿姨慌忙阻拦说："孩子，你应该给你母亲行礼，你出生那天，她还坚持上班，一下子就晕过去。你要为母亲自豪，她很坚强，她让你来到世上。”

母亲有些激动，坐不安稳了，被桌子碰了一下，露出痛苦的神色。于是你知道，先前她为你买蛋糕时，不慎跌伤了腿。她眼角的皱纹比往日更深，手上的青筋更重，但朴素的衣着却格外美丽、合体。她的双眼目不转睛地看着你，已经看了15年仍然看不够。

你脸颊发烫，周身发烫，你发现，你也看不够母亲，看着看着，泪水滴了下来。

你把椅子拉开，使空间增大一些，然后，深深地给母亲鞠了一个躬，又深深地给父亲鞠了一个躬。

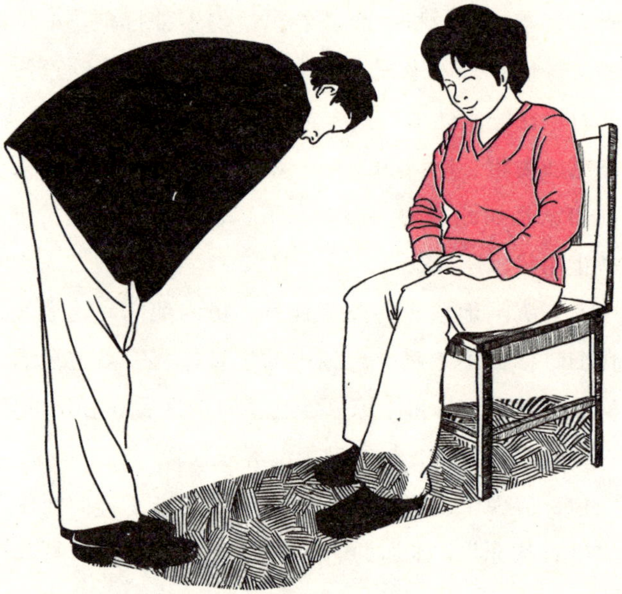

你攥住拳头，用指甲紧抠手心，暗自决定：今后每逢生日，都要郑重鞠躬，感谢父母，感谢生命，感谢一切有助于你生命的人。

你轻轻端起盘子，把自己那块蛋糕送到父母跟前。

感恩寄语

在这样一个物质的年代，玩具、书包、衣服、鞋子、汽车、手机、生日宴的档次，孩子们的心灵已经在攀比中变得虚荣了。他们可以无视父母的忙碌操劳，只为了自己的风光体面；他们只会记起自己的生日，却忽视了妈妈腿上的伤口；他们只会为自己的失意而愤怒，却忘记了父母生养自己的辛苦。

面对这个因为饭店普通、蛋糕廉价、陪客老土而忧伤的孩子，我们该说些什么？

孩子，我们可以向往美好与富足，但作为子女，我们要感谢父母把我们带到了这个世界上，感谢他们为养育我们付出的辛苦、汗水，感谢那些关心我们的长辈……在生日那天，我们一定要为父母深深地鞠上一躬，感谢他们多年的养育之恩，在那种场合，再豪华的场面也比不上发自内心的一个简简单单的举动。

幸好这个孩子还知道感动，他懂得了父母的辛苦。亲爱的孩子，我想告诉你的是：儿不嫌母丑，狗不嫌家贫，养育之恩是世上最重的恩情，生日永远是母亲的受难日。

野心是永恒的“治穷”特效药，是所有奇迹的萌发点，穷人之所以穷，大多是因为他们有一种无可救药的弱点，也就是缺乏致富的野心。

穷人最缺少的是什么

有一位年轻的法国人，他贫穷困苦。后来，他以推销装饰肖像画起家，在不到十年的时间里，迅速跻身于法国50大富翁之列，成为一位年轻的媒体大亨。不幸的是，他因患上前列腺癌，不久就去世了。他去世后，法国的一份报纸刊登了他的一份遗嘱。在这份遗嘱里，他说：我曾经是一个穷人，在以一个富人的身份跨入天堂的门槛之前，我把自己成为富人的秘诀留下，谁若能通过回答“穷人最缺少的是什么”而猜中我成为富人的秘诀，他将能得到我的祝贺，我留在银行私人保险箱内的100万法郎，将作为睿智地揭开贫穷之谜的人的奖金，也是我在天堂给予他的欢呼与掌声。

遗嘱刊出之后，有18461个人寄来了自己的答案。这些答案，五花八门，应有尽有。绝大部分的人认为，穷人最缺少的当然是金钱了，有了钱就不会再是穷人了。另有一部分人认为，穷人之所以穷，最缺少的是机会，穷人之穷是穷在背时上面。又有一部分人认为，穷人最缺少的是技能，一无所长所以才穷，有一技之长才能迅速致富。还有的人说，穷人最缺少的是帮助和关爱，是漂亮，是名牌衣服，是总统的职位等等。

在这位富翁逝世周年纪念日，他的律师和代理人在公证部门的监督下，打开了银行内的私人保险箱，公开了他致富的秘诀，他认为：穷人最缺少的是成为富人的野心。在所有答案中，有一位年仅9岁的女孩猜对了。为什么只有这位9岁的女孩想到穷人最缺少的是野心呢？她在接受100万法郎的奖励时，说：“每次，我姐姐把她11岁的男朋友带回家时，总是警告我说不要有野心！不要有野心！于是我想，也许野心可以让人得到自己想得到的东西。”

谜底揭开之后，震动法国，并波及英美。一些新贵、富翁在就此话题谈论时，均毫不掩饰地承认：野心是永恒的“治穷”特效药，是所有奇迹的萌发点，穷人之所以穷，大多是因为他们有一个无可救药的弱点，也就是缺乏致富的野心。

感恩寄语

相比“成为富人的野心”，那些五花八门的答案是多么的平庸、多么的浅薄。

这位靠自己的努力奋斗取得成功的富豪用一个问题引发了深刻的思考。人人都想成为富有的人，但不是所有的人都能成为富人，这其中必定有它的奥秘。富翁的遗嘱揭示了这个问题的答案：野心。野心就是使穷人变富人的秘诀。

也许，曾经陈旧的观念让我们把“野心”看成一个可怕的词汇，它承载着人类的自私与贪婪。但在人生的征程中，野心并不是一个坏东西。没有人注定是穷人，穷人之所以穷，是因为他们连大胆地想象和尝试都不敢去做，沦为穷人的人没有给自己机会，甘愿接受现状。

生活中有很多事情也是一样，没有什么是上天注定的。关键就在于自己对事情的把握，野心并不是觊觎别人的东西，而是给自己行动的勇气，“无论事情有多么艰难，我一定可以完成它。”给自己成功的机会，这就是野心的奥秘。

获得奖励的小女孩其实还是没有真正明白：野心是永恒的“治穷”特效药，是所有奇迹的萌发点！

我永远都不会忘记自己这特殊的成年仪式，在村头的老槐树下，12只鸡，24元钱，还有父亲那慈爱而严肃的脸，那随风飞向远方的一句句朴实而铿锵的话……

让我长大的一句话

李雪峰

17岁那年秋天，我高中毕业，和父亲站在一块儿，我的个头儿差不多和父亲一般高了。可是因为高考落榜，我整天和村里的几个小青年厮混在一块儿，白天和他们一起游手好闲地东转西逛，夜晚就聚在村里的电影场里吊儿郎当地打呛哨，或躲在小饭馆里无所事事地抽烟、喝酒。

家里人对我忧心忡忡。

秋末的一天上午，我和这群小青年在村东头遇见了城里来的一个鸡贩子，我们拦住他纠缠他，鸡贩子一副不屑和我们这群孩子纠缠的样子，说："我还要收鸡呢，没时间和你们这群孩子磨牙！"我们无赖似地哈哈大笑起来说："爷们儿，你怎么知道我们就不卖鸡？"被纠缠得无法脱身的鸡贩子十分不耐烦地说："瞧你们都还是群毛孩子，能擅自做主卖你们家里的鸡吗？还不是找家长的揍！"这几句话搅得我们这帮年轻人火起，纷纷拍着胸脯说："别以为我们做不了主呀，今天我们非把鸡卖给你不可！"于是纷纷自报自家要卖几只鸡，并个个充起买卖行家的模样，和鸡贩子七嘴八舌地讨价还价。最后我们谈定一只鸡两元钱，让鸡贩子就坐在村头的古槐树下等我们，我们各自回家捉鸡来。鸡贩子一副无可奈何的模样，摆着手说："快去快回，过期不候。唉，我这桩生意栽到底了！"

我将家里的12只鸡五花大绑着提到古槐树下的时候，几个青年都来了，他们的鸡已经被关进了鸡贩子的铁丝鸡笼里，个个哀鸣着。我大大咧咧地把鸡一摔，对鸡贩子说："数数吧，12只，连一条腿都不少！"鸡贩子眉开眼笑一叠声直叫："好好好，我这就付钱给你。"

这时，刚好父亲和母亲从地里挑粪归来，一看到我家那五花大绑堆在地上的公鸡母鸡，母亲立刻惊叫起来。我知道这每一只鸡都是母亲一粒米一粒米一天天喂大的，现在，是我们家的银行呢，一家人的油盐酱醋全靠这几只鸡了。母亲说："你怎么能卖鸡？"我不理睬母亲，还斜着眼对惊慌失措的鸡贩子说："给钱吧！"鸡贩子迟疑地征询我母亲的意见："这鸡……还卖吗？"母亲说："这都是正下蛋的鸡呢，我们不卖！""卖！"这时父亲从人群后挤过来果断地拍板说，"就按你们刚才说定的价格卖吧。"母亲不解地看着父亲说："鸡卖了，以后油盐酱醋从哪儿来？一只鸡才两元钱，平常一只鸡最少也要卖6元钱的呀！"

"两元？"父亲愣了一下，又转身问我说："这价钱你们刚才说定了？"我才知道，刚才自己做了一桩太亏本的买卖，我有些不好意思地说："是两元钱一只。"鸡贩子这时忙谄笑着对父亲说："如果两元钱不行，再商量商量，6元钱一只行不行？"父亲叹了口气说："价格是太低了，可是你们刚才已经说定两元钱了，怎么能反悔呢？就按你们说定的卖。"鸡贩子一愣，但马上就掏出一沓钱数数递给父亲说："就按一只6元钱吧，这是72元钱，你数数，你数数。"父亲把钱推回去说："一只两元，12只24元，多一分钱我们也不要，已经说定的，不能说反悔就反悔了。"

鸡贩子把24元钱递到父亲手里，慌慌张张地挑起鸡笼溜走了。父亲轻轻拍了拍我的肩膀说："你已经17岁了，不再是个孩子了，说出的话，就如同泼出去的水，怎么能随便就反悔呢？长大了，就要对自己说出的每一句话，做的每一件事负责，人不这样，怎么能活成个顶天立地的人呢？"

品味着父亲的话，陡然间我觉得自己长大了，已经一步跨过了孩提和成年的界限，变成了一个说话掷地有声、对自己所言所行负责的汉子。

我永远都不会忘记自己这特殊的成年仪式，在村头的老槐树下，12只鸡，24元钱，还有父亲那慈爱而严肃的脸，那随风飞向远方的一句句朴实而铿锵的话……

感恩寄语

我们都曾经有过年少轻狂的岁月，在那懵懂的时光里，我们莽撞、轻狂、不知天高地厚，我们无所事事，不懂父母的辛劳，狂妄地以为生活中的一切都是顺理成章。

无知的孩子把家里辛辛苦苦养的鸡低价卖了，而且完全没有经过父母的同意，他们只是觉得好玩，想在别人面前逞能。当得知自己被骗了的时候，孩子想要反悔，想不遵守承诺，却被父亲制止了。父亲宁愿自己吃亏也要让孩子懂得诚信的重要，父亲的言传身教让孩子懂得了人一定要为自己说出的话和做过的事情负责任。因为敢于承担责任是长大成人的最重要的标志。

父亲用一个清贫的农村家庭所难以承受的损失为我买来了一个永难忘记的教训：说出的话，就如同泼出去的水，做人必须讲诚信，这是书本上学不来的道理。长大了，就要对自己说出的每一句话，做过的每一件事负责，只有这样，我们才能活成个顶天立地的人！

也许，每个人都曾经有过让自己长大的一次偶然，可能是一句话，一件事，一件物品，又或者是一个目光，一场雨，一段路程……

每天睡到自然醒，出海随便抓几条鱼，跟孩子们玩一玩，再跟老婆睡个午觉，黄昏时，晃到村子里喝点小酒，跟哥儿们玩玩吉他！

人的一生到底在追求什么

有一个美国商人坐在墨西哥海边一个小渔村的码头上，看着一个墨西哥渔夫划着一艘小船靠岸。小船上有好几尾大黄鳍鲔鱼，这个美国商人对墨西哥渔夫能抓到这么高档的鱼恭维了一番，还问要多少时间才能抓这么多。墨西哥渔夫说："才一会儿功夫就抓到了。"美国人再问："你为什么不待久一点，好多抓一些鱼？"墨西哥渔夫觉得不以为然："这些鱼已经足够我一家人生活所需啦！"美国人又问："那么你一天剩下那么多时间都在干什么？"墨西哥渔夫解释："我呀？我每天睡到自然醒，出海抓几条鱼，回来后跟孩子们玩一玩，再跟老婆睡个午觉，黄昏时晃到村子里喝点小酒，跟哥儿们玩玩吉他，我的日子可过得充实又忙碌呢！"

美国人不以为然，帮他出主意，他说："我是美国哈佛大学企管硕士，我倒是可以帮你忙！你应该每天多花一些时间去抓鱼，到时候你就有钱去买条大一点的船。自然你就可以抓更多鱼，再买更多渔船。然后你就可以拥有一个渔船队。到时候你就不必把鱼卖给鱼贩子，而是直接卖给加工厂。然后你可以自己开一家罐头工厂。如此你就可以控制整个生产、加工处理和行销。然后你可以离开这个小渔村，搬到墨西哥城，再搬到洛杉矶，最后到纽约。在那经营你不断扩充的企业。"墨西哥渔夫问："这又要花多少时间呢？"美国人回答："15 到 20 年。"

墨西哥渔夫问："然后呢？"美国人大笑着说："然后你就可以在家当皇帝啦！时机一到，你就可以宣布股票上市，把你的公司股份卖给投资大众。到时候你就发啦！你可以几亿几亿地赚！"渔夫又问："然后呢？"美国人说："到那个时候你就可以退休啦！你可以搬到海边的小渔村去住。每天睡到自然醒，出海随便抓几条鱼，跟孩子们玩一玩，再跟老婆睡个午觉，黄昏时，晃到村子里喝点小酒，跟哥儿们玩玩吉他！"墨西哥渔夫疑惑地说："我现在不就是这样了吗？"

感恩寄语

这个故事为我们展示了两种不同的人生：

第一种，睡觉睡到自然醒，捕鱼适量就满足，常常陪伴小儿女，弹琴唱歌乐道

遥……

第二种，努力捕鱼，积极发展，扩大规模，志向远大，走向世界，安享晚年……

你会选择怎样一种生活方式和精神追求呢？

也许很多人会说，第一种人生是一种缺少理想、懒于奋斗的人生，和那个放羊结婚养娃再放羊结婚养娃的故事异曲同工。

但你有没有想过，繁华的都市里，穿梭于高楼大厦中的白领们、老板们，整日忙碌地奔波，到底是为了什么？为生活？为理想？为金钱？或许劳碌的人们早已忘记了自己劳动的初衷。墨西哥渔夫简单的生活理念给了我们很大的启示。即使我们不富裕，但是我们一样可以让生活丰富多彩；即使我们没有权力，但是我们仍然有朋友陪伴在身边。等到我们老去的时候，回忆一生走过的路程，虽然不曾惊心动魄，但却收获了甜蜜和喜悦，还有什么能比这更让人感到欣慰的呢？当我们拨开名利的面纱，摘下华丽的面具时，生活就会变得很简单，小小的快乐和知足就可以让我们的生活充实和喜悦。

当然，年轻的朋友们，喜欢怎样的生活，你有自由选择的权利！

当命运交给我们一个柠檬的时候，让我们试着去做一杯柠檬水。

如果有个柠檬，就做柠檬水

有一次，芝加哥大学校长罗勃·梅南·罗吉斯在谈到如何获得快乐时说："我一直试着遵照一个小的忠告去做，这是已故的西尔斯公司董事长裘利亚斯·罗山渥告诉我的。他说：'如果有个柠檬，就做柠檬水。'"

这是聪明人的做法，而愚人的做法正好相反。愚人会发现命运给他的只是一个柠檬，此时他就会自暴自弃地说："我垮了。这就是命运。我连一点机会也没有。"然后他就开始诅咒这个世界，让自己沉溺在自怜自悯之中。可是当聪明人拿到一个柠檬的时候，他就会说："从这件不幸的事情中，我可以学到什么呢？我怎样才能改善我的情况，怎样才能把这个柠檬做成一杯柠檬水呢？"

伟大的心理学家阿佛瑞德·安德尔说："人类最奇妙的特性之一就是'把负变为正的力量'。"一位快乐的农夫买下了一片农场，他却觉得非常沮丧。因为那块地既不能种水果，也不能养猪，只有白杨树和响尾蛇能在那里生存。但他想到了一个好主意，他要利用那些响尾蛇。他的做法使每个人都很吃惊，他开始做起了响尾蛇肉罐头。不久，他的生意就做得非常大了。这个村子现在已改名为响尾蛇村，这是为了纪念那位把有毒的柠檬做成了甜美柠檬水的先生。

我们越研究那些有成就者的事业，就越加深刻地感觉到，他们之中的大多数人之所以成功，是因为在他们开始时都有一些阻碍他们前进的缺陷，而正是这些缺陷促使他们加倍努力，从而得到更多的补偿。正如一些残疾人所说的："我们的缺陷对我们有意外的帮助。"

不错，也许弥尔顿就是因为眼睛瞎了，才写出了惊世的诗篇，而贝多芬可能正是因为耳朵聋了，才谱出了不朽的曲子。

"如果我不是有这样的残疾，我也许不会做到我所完成的这么多的工作。"达尔文坦白承认他的残疾对他有意想不到的帮助。

有一次，世界著名的小提琴家欧利·布尔在巴黎举行一次音乐会，小提琴上的A弦突然断了。令人惊讶的是，欧利·布尔居然用另外的那三根弦演奏完了那支曲子。"这就是生活，"哈瑞·艾默生·福斯狄克说，"如果你的A弦断了，就在其他三根弦上把曲子演奏完吧。”

这不仅是生活，这比生活更可贵——这是一次生命的胜利。

如果我们能够做到，我们应该把只有一条腿的威廉·波里索的这句话刻在铜牌上：“生命中最重要的一件事，就是不要把你的收入拿来作资本。任何傻子都会这样做，但真正重要的事是要从你的损失里获利。这就需要有才智才行，而这一点也正是一个聪明人和一个傻子之间的根本区别。”

所以，当命运交给我们一个柠檬的时候，让我们试着去做一杯柠檬水。

感恩寄语

人生是一场牌局，发牌的是上帝，不管什么牌你都得拿着，抓着坏牌抱怨是没有用的，你只能想方设法把它打好，利用一切可以利用的资源与机会……

命运给我们关上一扇门的时候，一定会为我们打开一扇窗！就像面对只有白杨树和响尾蛇的农场，消极的农夫只会陷入痛苦的深渊，在失望中度日；快乐的农夫却能让荒凉的土地产生财富，创造出幸福的天堂。就像欧利·布尔面对突如其来的断弦挑战，用另外三根弦完成了自己的演奏会，创造了一个音乐史上的传奇。

自怨自艾、自暴自弃永远是失败者的思维方式。聪明人和傻子在对待同一个问题时，会有截然不同的看法。凭借先天的优势获得成功的人算不得聪明人，只有在缺陷中寻求生机并从中获利的人才是真正的强者。

同学们，让我们把手中的柠檬变成一杯柠檬水吧！

第四辑　失败了再爬起来

磕绊是任何人所不能避免的，正如风吹雨淋的杨柳一样，只有经历了风雪的严寒，雷雨的摧残，才能茁壮挺拔，所以不要为自己无法站在人生舞台的中心而悲伤，只有悲伤过，才能大步向前，蔷薇有蔷薇的美丽芬芳，蒲公英有蒲公英的质朴高远，勇敢地站起来，你就离成功不远了。

用忠诚和责任回报了一个隐秘的善举，同时也证明了这样一个道理：善意是会传递的，并且传到最后，也会回到你的身边。

善举的回报

她是美国宾夕法尼亚大学的一名女生，名字叫汉纳·班德丝，19岁，被查出患了神经胶质瘤。这是一种很危险的疾病，必须在最短的时间内动手术。为了尽快筹集到高昂的医疗费用，她决定向费城的一位富翁求助。

这种想法产生之后，她就给那位富翁发了一封求助信，问他是否愿意资助7万美元，让她去做手术，从而活下去，并实现自己的梦想。

信发出之后，她后悔了。她想这是在以灾难的名义向别人要挟，宁愿死去都不应该这样做。要是富翁真的汇钱来，她也要把它退回去，因为她觉得这是在绑架。

3天过去了，富翁没有回信，她的心情轻松了许多。她想那个信箱也许根本就不是富翁的，或者是早已作废了。就在她庆幸富翁没有收到她的求助信时，一封短信寄到了她的邮箱：据我所知，犹他州有一家慈善基金会，专门资助神经胶质瘤患者，不妨向他们递一份申请，下面是基金会的地址。

这封信是从那位富翁的信箱里发出的。她读后，感叹真是万幸！他没有大发慈悲，要是他真的答应了，就是救了我的命，也救不了我的灵魂，因为这钱是以我的疾病要挟来的。她一边庆幸，一边抱着试试的心理，给那家基金会发了一封信。犹他州果然有这么一家机构，并且愿意给她提供帮助。

汉纳的手术进行得很顺利，她得救了。康复出院后，她觉得有必要对那家慈善基金会表示一下感谢。休假期间，她去了一趟犹他州，可是踏遍了犹他州的每一条街道，她都没有找到那家慈善基金会。那一刻，她感动得流下了热泪，明白了那位富翁的善心，这善心不仅挽救了她的生命，也挽救了她的心灵。

大学毕业后，汉纳·班德丝没有离开纽约，她找了一份工作，在世贸中心97层的一家金融机构上班。2001年9月11日，两架飞机撞向大楼，大楼倒塌。但在那危险的时刻，她及时将一份经营资料的拷贝传回总部。这份资料很有价值，如果丢失，会给公司带来无法估量的损失。汉纳·班德丝是“9·11事件”中，唯一一个这么做，并且做到了的人。这家金融机构是那位富翁在纽约的一家分支机构。

她用忠诚和责任回报了一个隐秘的善举，同时也证明了这样一个道理：善意是会传递的，并且传到最后，也会回到你的身边。

他们做人的品质，让人深深感动。在他们身上，我们看到了人性的真善美。

感恩寄语

和那个施舍了别人，却用一句“你也是一位商人”的话鼓励了一个落魄生命的故事一样，汉纳·班德丝得到的不仅是挽救生命的机会，还得到了人格的尊重。

在这个文明的时代，慈善也要讲求方法技巧，善良也要学会换位思考。金钱能帮人一分，也能伤人十分。用金钱去帮助人的时候，要小心金钱这把双刃剑会伤到对方的自尊。富翁是细心的，他做背后的好人，秘密地以慈善基金会的名义让汉纳·班德丝接受了救助而不至于自责。

虽然付出不一定有回报，但在危急关头，汉纳·班德丝的行为避免了富翁公司严重的损失。没有谁是真正的救人者，也没有谁是永远的被救者。今天我们救的人，明天也可能是救我们的人。

让我们学会感恩吧，当爱的圣火传遍世界的时候，让我们也加入他们的行列，成为其中一个平凡但真诚的火炬手，即使只有微小的光热……

你们都听着，这两个人的命运现在就交到你们手上。如果你们听从指挥，不再讲话，我就饶了这两个人。否则，我就毙了他们。

善良也是一种罪过吗

二战时，发生过这样一个发人深省的故事：

一次战役后，凯瑟上尉领导的部队打了胜仗，他们缴获了许多武器装备，并俘虏了二百多人。

当时正是战争的非常时期，上尉接到上级命令，对这帮俘虏士兵要进行劝降，不要轻易伤害他们的性命。

可是在劝降这些俘虏士兵时却让凯瑟上尉大伤脑筋。可能这帮被俘者算准了凯瑟上尉不会要他们的命，所以表现得异常顽固。被俘的前三天，所有的俘虏竟以绝食来进行抗争。他们视死如归、无所畏惧的态度让上尉十分恼火。上尉派人调查了多次，也查不出是谁带头指使他们绝食的。

这天早晨，上尉把二百多名俘虏集中到一个广场上要进行训话。可是，他站在台上好久也无法开口讲一句话，因为这二百多人都目中无人地在下面高声抗议着，根本就没有停止的意思。凯瑟上尉暴跳如雷，脸气得发紫。他命令士兵鸣枪警告，但仍无济于事。

这时，有人递了一个话筒给凯瑟上尉，并与他嘀咕了一阵。上尉迟疑了一会儿，然后清了清嗓子，拿起话筒大声说："现在，我将对高声说话、不服从命令的人处以死刑。"他的这句话随即被台下的尖叫声淹没了。

无比恼怒的上尉朝人群一指，"你，给我上来。"有两名士兵迅速走过去把那个俘虏押上台来，只是台下的嚎叫声依旧。上尉面色凝重，命令士兵举枪瞄准台上的两个俘虏。他对着话筒高喊："5……4……3……2……"此时，台下群情激愤，出现了一阵骚乱，愤怒的叫声此起彼伏。就在大家都以为这两个俘虏即将丧命的时候，上尉却大喊一声："停！"

台上台下所有的人都愣住了，不知上尉为何又改变了主意。这时，凯瑟上尉把两个瑟瑟发抖的俘虏拉向台前，指着台下，高声说："你们都听着，这两个人的命运现在就交到你们手上了。如果你们听从指挥，不再讲话，我就饶了这两个人。否则，我就毙了他们。”说也奇怪，上尉的话刚说完，原本叫嚣喧哗的人群瞬间全安静了下来。

上尉非常满意，终于轻松地完成了这次训话。

接下来的几天，他又以同样的方式方法让俘虏们一个个听话地吃饭，听话地做任何事情，继而成功劝降。

感恩寄语

宁为玉碎，不为瓦全，这是传统的战争思维。但在现代战争中，我们更渴望人道主义精神。

我们应当为生在这个日渐文明的时代里感动幸运，曾经疯狂杀戮的战场让我们胆寒，曾经洒满鲜血的集中营让我们坠入人类灵魂的悲哀。南京大屠杀，三十多万手无寸铁的平民在日本人机枪钢刀下死去；奥斯维辛集中营，六百多万犹太人无辜的鲜血，洒遍这个曾经和平美丽的大陆。

善良永远不是一种罪过，即使是在冷酷无情的战争之中。被俘的战士，没有人愿意投降，他们宁愿以死来证明他们的忠诚。凯瑟上尉面对不服从命令、软硬不吃的战俘，抓住了人性心理的软肋，他没有采取强硬的手段处置战俘，而是让原本深埋在他们内心的善良和仁慈拯救他们自己。

柔软和仁慈有时比强权更加有力。当心底善良的那根弦被拨响，你强硬的行为举动与你想要坚持的结果可能会背道而驰，而你只能无奈地去接受现状，眼睁睁地看着目标离自己越来越远，却无力挽回，这就是善良的力量。

月光照在孩子的脸上，青幽幽的。一层细汗，从孩子的额头，缓缓地沁出。

身后的眼睛

那是一头野猪。

皎洁的月光洒在波澜起伏的苞谷林上，也洒在对熟透的苞谷棒子垂涎欲滴的野猪身上。

孩子的眼睛睁得圆圆的。野猪的眼睛也睁得圆圆的。孩子和野猪对视着。

孩子的身后是一个临时搭建的窝棚，那是前几天他的父亲忙碌了一个下午的结果。

窝棚的四周，是茂密的苞谷林，山风一吹，哗啦哗啦地响个不停。

孩子把手中的木棒攥得水淋淋的，这是他目前唯一的武器和依靠。孩子的牙死死地咬紧，他怕自己一泄气，野猪就会趁势占了他的便宜。他是向父亲保证了的，他说他会比父亲看护得更好。父亲回家吃晚饭去了。

野猪的肚子已经多次轰隆隆地响个不停。野猪目露凶光，龇开满嘴獠牙，向前一连迈出了三大步。

孩子已经能嗅到野猪扑面而来的臊气。

孩子完全可以放开喉咙喊他的父亲母亲。家就在不远的山坡下。但孩子没有，孩子握着木棒，勇敢地向野猪冲上去，尽管只有一小步。这已经让野猪吃惊不已。野猪没有料到孩子居然敢向它反击。野猪嗷嗷地叫个不停。野猪的头猛地一缩，它准备拼着全身的力气和重量冲向孩子。

在窝棚的一个角落，一个汉子举起了猎枪。正在他准备扣动扳机的时候，一双手拦住了汉子的猎枪。

那汉子就是孩子的父亲，拦住孩子父亲的是孩子的母亲。

孩子的母亲一边拦住孩子的父亲，一边悄悄地对孩子的父亲说："我们只需要一双眼睛！"

汉子只好收回那支蓄势待发的枪。

孩子的父亲和母亲的眼睛全盯在孩子和野猪身上。月光洒在孩子父母紧张的脸上，一点儿也掩饰不住他们的担心。孩子的父亲和母亲已经躲在窝棚的角落有些时候了。

孩子没有退缩，也没有呼喊。他死死地咬紧牙，举起木棒严阵以待。

野猪和孩子对视着。

野猪恨不得吞了孩子。

孩子恨不得将手中的木棒插进野猪龇满獠牙的嘴。

野猪呼噜呼噜喘着粗气。

听得见孩子的心在咚咚地跳动。

月光照在孩子的脸上，青幽幽的。一层细汗，从孩子的额头，缓缓地沁出。

野猪的身子立了起来。

孩子的木棒举过了头顶。

他们都在积蓄力量。

突然，野猪扭转头，一溜烟儿地跑了。

孩子长长地吐了一口气，他一屁股瘫在了地上。

孩子的父亲和母亲也长长地吐了一口气，他们走了过来。父亲激动地说：“儿子，你一个人打跑了一头野猪！”

父亲的脸上满是得意。

孩子看见父亲母亲从窝棚里走出来，突然扑向母亲的怀抱，号啕大哭。孩子不依不饶，小拳头擂在母亲的胸上，说：“你们为什么不帮我打野猪？”一点儿也没有了先前的勇敢和顽强。

孩子的母亲抱起孩子，认真地说：“我们帮了你啊！我和你父亲用眼睛在帮你！”

孩子似懂非懂。他只好仔细地看了又看父母的眼睛，父母的眼睛和平时一模一样，怎么帮的啊？

那孩子就是我。那年我7岁。

感恩寄语

有一种爱叫冷酷。

我们见过多少溺爱孩子的父母，他们以爱为名，剥夺了孩子成长的空间和磨炼的机会。那不是真正的爱，他们带给孩子的是一时的关照，长久的懦弱与胆怯。

当17岁的孩子独自面对凶恶的野猪，勇敢地担负着保护苞谷林的重任时，也许危险，却是磨炼勇敢与责任的契机。孩子知道身边没有任何依靠，还是凭着一股勇气履行了他对父亲的承诺。这难道不是一种最有价值的成长吗？

雏鹰总要离开山崖上安全的巢穴，飞向高远的天空；燕子总要褪掉松软的绒毛，开始跨越万里的远行。当我们的孩子必须离开父母的羽翼，独自面对风雨的时候，他是否已经作好了准备。

父母关切的眼睛始终在身后，选择在孩子身后默默地注视，是为了能让孩子以百分百的勇气去迎战。必要时放手让孩子自己去做，他们才能发挥潜能；给孩子适当的锻炼，他们才能真正自强。

请让我学着为自己的行为负责，请让我学着不去后悔。当然，也请让我学着不要重复自己的错误。

生命的滋味

席慕蓉

一

电话里，他告诉我，他为了一件忍无可忍的事，终于发脾气骂人了。

我问他："发了脾气以后，会后悔吗？"

他说："我要学着不后悔。就好像摔了一个茶杯之后又百般设法要粘起来的那种后悔，我不要。"

我静静聆听着朋友低沉的声音，心里忽然有种怅惘的感觉。

我们在少年时原来都有着单纯与宽厚的灵魂啊！为什么？为什么一定要在成长的过程里让它逐渐变得复杂与锐利？在种种牵绊里不断伤害着自己和别人？还要学着不去后悔，这一切，都是为了什么呢？

那一整天，我耳边总会响起瓷杯在坚硬的地面上破裂的声音，那一片一片曾经那样光润如玉的碎瓷在刹那间迸飞得满地。

我也能学会不去后悔吗？

二

生命里充满了大大小小的争夺，包括快乐与自由在内，都免不了一番拼斗。

年轻的时候，总是紧紧跟随着周遭的人群，急着向前走，急着想知道一切，急着要得到我应该可以得到的东西。却要到今天才能明白，我以为我争夺到手的也就是我拱手让出的，我以为我从此得到的其实就是我从此失去的。

但是，如果想改正和挽回这一切，却需要有更多和更大的勇气才行。

人到中年，逐渐有了一种不同的价值观，原来认为很重要的事情竟然不再那么重要了，而一直被自己有意忽略了的种种却开始不断前来呼唤我，就像那草叶间的风声，那海洋起伏的呼吸，还有那夜里一地的月光。

多希望能够把脚步放慢，多希望能够回答大自然里所有美丽生命的呼唤！

可是，我总是没有足够的勇气回答它们，从小的教育已经把我塑铸成为一个温顺和无法离群的普通人，只能在安排好的长路上逐日前行。

假如有一天，我忽然变成了我所羡慕的隐者，那么，在隐身山林之前，自我必定要经过一场异常惨烈的厮杀吧？

也许可以这样说：那些不争不夺，无欲无求的隐者，也许反而是有着更大的欲望，和生命做着更强硬的争夺的人才对。

是不是可以这样解释呢？

三

如果我真正爱一个人，则我爱所有的人，我爱全世界，我爱生命。如果我能够对一个人说“我爱你”，则我必能够说“在你之中我爱一切人。通过你，我爱全世界，在你生命中我也爱我自己。”

——E. 佛洛姆

原来，爱一个人，并不仅仅只是强烈的感情而已，它还是“一项决心，一项判断，一项允诺”。

那么，在那天夜里，走在乡间滨海的小路上，我忽然间有了想大声呼唤的那种欲望也是非常正常的了。

我刚刚从海边走过来，心中仍然十分不舍把那样细白洁净的沙滩抛在身后。那天晚上，夜凉如水，宝蓝色的夜空里星月交辉，我赤足站在海边，能够感觉到浮面沙粒的温热干爽和松散，也能够同时感觉到再下一层沙粒的湿润清凉和坚实，浪潮在静夜里声音特别轻柔。

想一想，要多少年的时光才能装满这一片波涛起伏的海洋？要多少年的时光才能把山石冲蚀成细柔的沙粒，并且把它们均匀地铺在我的脚下？要多少年的时光才能酝酿出这样一个清凉美丽的夜晚？要多少年的时光啊！这个世界才能够等候我们的来临？

若是在这样的时刻里还不肯还不敢说出久藏在心里的秘密，若是在享有的时候还时时担忧它的无常，若是爱在被爱的时候还时时计算着什么时候会不再爱与不再被爱，那么，我哪里是在享用我的生命呢？我不过是不断在浪费它在摧折它而已吧。

那天晚上，我当然还是离开，我当然还是要把海浪、沙岸，还有月光都抛在身后。可是，我心里却还是感激着的，所以才禁不住想向这整个世界呼唤起来：

“谢谢啊！谢谢这一切的一切啊！”

我想，在那宝蓝色的深邃的星空之上，在那亿万光年的距离之外，必定有一种温柔和慈悲的力量听到了我的感谢，并且微微俯首向我怜爱地微笑起来了吧。

在我大声呼唤着的那一刻，是不是也同时下了决心、作了判断、有了承诺了呢？

如果我能够学会了去真正地爱我的生命，我必定也能学会了去真正地爱人和爱这个世界。

四

所以，请让我学着为自己的行为负责，请让我学着不去后悔。当然，也请让我学着不要重复自己的错误。

请让我终于明白，每一条路径都有它不得不这样跋涉的理由，请让我终于相信，每一条要走上去的前途也有它不得不那样选择的方向。

请让我生活在这一刻，让我去好好地享用我的今天。

在这一切之外，请让我领略生命的卑微与尊贵。让我知道，整个人类的生命就有如一件一直在琢磨着的艺术创作，在我之前早已有了开始，在我之后也不会停顿不会结束，而我的来临我的存在却是这漫长的琢磨过程之中必不可少的一点，我的每一种努力都会留下印记。

请让我，让我能从容地品尝这生命的滋味。

感恩寄语

当我们的心变得坚硬的时候，当我们习惯在冷酷中追逐欲望的时候，也就是人们所谓的成熟。但这真的是我们用美丽的青春和奋斗所追求的吗？这真的是我们付出快乐与自由的代价所希望的吗？

成长中充了满竞争，这是所有生命发展的自然规律。人心的欲望让我们在追逐中获得了金钱、权力和成功，也失去了美丽感恩的心灵，让我们面对曾经美丽光洁的海滩却失去了浪漫的想象，让我们面对通往神秘远方的小路时却失去了感恩的情感。像那个在坚硬的地面上摔碎的瓷器，光洁的瓷片飞舞在遗憾与失意的记忆里。

没有人敢说对自己做过的事情从来不后悔，关键在于我们应该如何面对后悔。人到中年我们收获年轻时奋斗的果实，明白取舍和所得，可能会重新去找寻曾经放弃的东西，完成自己曾经的愿望。

这是一个需要爱的世界，让我们做真诚与宽容的守护者，让我们永远拥有一颗爱与感恩的童心！

当心底有一条大河源源地流淌时，会有一种透彻的坦然使人进入自由的境界，会更有信心向自己这口井的更深处开掘，也许，还会流淌出大江大海。

生命是井

陆星儿

在一天的忙碌之后，独自歇在椅子上，面对着黑漆漆的窗，深深地呼吸，把紧张与劳累缓解一下，心绪渐渐地安静，渐渐地集中，自然要回想白天的忙碌，这件事，那件事，有满意的有烦恼的，有成功的有失败的，有挫折的也有顺利的。不管是怎样的情形，只要忙碌着，内心最重要的感觉是踏实。我很珍惜心里的这份踏实，满满地装着这种感觉，犹如一口井，蕴藏着深深的却并不显露的水。而一个人的生活与生命，就像一口井，谁也无法估量井水的深浅，井的蕴藏量是个谜。

许多时候，我们的行为是盲目的，因为我们缺乏对自己的认识，我们不知道自己最适合做什么，最能够做什么，最应该做什么，也不知道自己能做到什么程度，能否做出成绩。我想，每一个人都会经历这样的盲目，像一条漂在海面的船，看不见岸，当然不明方向，手里的桨，东划划西划划，船好像总在游动，其实，它只在一个不大的范围内打转，走不出更远的距离，但已经感到很累了。于是，一种茫然无措的感觉，一种无能为力的感觉，一种无可奈何的感觉会轮流地消磨意志和自信。这是最容易停止不前的时刻，以为自己只能如此了或只有这些力量不会再有作为了。这也是最痛苦的时候。因为，再没有比看不到前景，看不到希望更令人沮丧的。所以，人生最大的幸运，莫过于恰如其分地确确实实地发挥自己。

那么，恰当的、确实的发挥靠什么？

靠自己。靠不屈的坚韧。

我有体会。坚韧像钢铁的钻头，一个劲地往自己这口井的深处掘，井水就会源源地冒出来，关键在于坚持不懈。当然，“坚持不懈”这四个字，写起来说出来很容易，但真要数年如一日地埋头苦干，是需要相当多的“东西”支撑着的，这些“东西”究竟是什么呢？首先是压力。一个人如果没有来自内在或外在的压力，就会轻飘飘的，做事像蜻蜓点水一掠而过，往往什么也得不到。

我感到最强大的压力是失败是挫折是打击。其实，失败、挫折、打击是人生最沉重的压力，会把人压得透不过气，仿佛有一座座大山把所有的路都挡住了，让人绝望，让人却步。但就是在这样的一座座“大山”的背后深藏着人生的转折之路，就看我们有没有勇气攀越“大山”。勇气是对付压力的最有效的武器。人所以活着，就靠一口气。气，是生命的标志，也是生命质量的标志。人得争气，得追求一种旺盛的、坚强的生命质量，任何时候都应该是雄赳赳气昂昂的。具有这样的精神状态，所有的压力就会变成强大的动力。有了这样的动力，一定会做出超常的成绩，你会发现一个你并不认识的自己，你会惊喜地看到你原来是很能干的、很聪明的、很有潜力的。

可以说，人生的过程，是个不断认识自己的过程，是个不断挖掘自己的过程。每一个人都是很有潜力、可挖掘的，因为，每一个人都是一口深不见底的井。人生的过程，就是站在自己的井台上打水的过程，就看如何认识自己如何对待自己。如果你认为自己这口井里的水很多，拼命地打、勤奋地打，一桶一桶地，不管风吹雨打，只要不停顿，始终能打出水，你真的无法估计你的这口“井”究竟蕴藏着多大的容量。当然，重要的是拼命、是勤奋、是不管风吹雨打、是不停顿……而这样坚韧持久的动力，一定是来自内心的，一定是由痛苦不堪的压力转化的。所以，在经受了压力，并体验了由压力变动力，再由动力产生成果的这样一个完整的过程，我对失败、挫折、打击已不那么惊慌，也不那么沮丧，不那么抱怨，并学会很自然地要求自己咬咬牙直直腰再干一次，再来一遍，只要有“再一次”“再一遍”的不屈不挠，只要不犹豫地把手里的桶继续放入自己的井里，不怕苦不怕累地往上提水，这样，任何失败、任何打击不仅不能压垮人、枯竭人，反而会使人更加饱满并拥有更多的生命之水，有生命力的“水”是柔韧的、斩不断的、源源不绝的。回顾自己这十几年所以能持之以恒地把写作这件事一口气做下来，就是由于许多失败、许多挫折、许多打击的压力被我努力地转化为动力，就是由于失败、挫折、打击的经历给我不寻常的体验、体味、体察，无论对自己还是对别人渐渐地有了深入的理解。我把动力和理解合成一股精神的力量，然后，再把这股力量汩汩地倾注到笔端，流泻到稿纸上。

真的，我丝毫没想到自己这一生会成为作家. 会写出一本一本的书，我也不觉得自己很有做作家的才能和学识，可一路走过来，走成了今天这样，我对自己感到意外。做作家对于我是很累的工作，因为我没有文学的准备，没有厚实的基础，我想，唯一能解释自己的，就是我身上还有股傻劲，对失败不服气，对挫折不甘心，对打击不认输。

我总是在想，一个有价值的生命，一定是竭尽全力地使用自己；我总是在想，一个有意义的人生，一定是充分地体现出自己。

所以，我不让自己患得患失，认准了一条道，踏踏实实地走，一步一个脚印。我不期望走得很快，更不幻想一步登天，我只是不让自己止步，慢慢地走，不停地走，看不出速度，可总在进步，并渐渐地靠近目标。就是这样的宗旨，使我平稳地不息地走过了不平坦的路。再回头一看，我有时会感到惊喜，感到自豪，竟然走出了一个出乎意料的自己。我这才明白，人是可以创造意外，创造奇迹的，因为，人是一口不可测的井，只要尽情挖掘，你拥有的水会是一条滔滔的大河。

当心底有一条大河源源不断地流淌时，会有一种透彻的坦然使人进入自由的境界，会更有信心向自己这口井的更深处开掘，也许，还会流淌出大江大海。我突然想起，我曾经写过一篇小说题为《我的心也像大海》，那时，只是取个题目，现在，我好像真正理解了心像大海的意义，一个人有如此的襟怀，他的精神就会是全新的面貌。所以，我企望自己的胸怀真有大海般宽广。

感恩寄语

井，一个丰富而神秘的意象；生命是井，一个贴切而自然的比喻！

它的神秘在于那深深的却并不显露的水，有的水浅，有的水深，有的水井里的水源源不断，而有的水井里的水很快就会干涸。当这口井足够深的时候，就能找到通向大海的水流。当我们清楚地知道自己的深度，我们的心中就满满地充满了踏实的感觉。

它的神秘还来自于对自身的缺乏认识，来自于对未来的盲目追求。年轻的时候，每个人都会经历盲目的痛苦，在人生的跌宕中碰撞得鼻青脸肿，每个人都会经历对自我认识的艰难历程，学会坚韧，学会自省，也许人生最大的幸运，莫过于恰如其分地确确实实地发挥自己。

人生的过程，是个不断认识自己的过程，是个不断挖掘自己的过程，它的深浅在于我们自己挖掘的程度、努力的多少。每一个人都是很有潜力可挖掘的，因为，每一个人都是一口深不见底的井。

很多人告诉自己：“我已经尝试过了，不幸的是我失败了。”其实他们并没有搞清楚失败的真正含义。

失败了再爬起来

很多人告诉自己：“我已经尝试过了，不幸的是我失败了。”其实他们并没有搞清楚失败的真正含义。

大部分人在一生中都不会一帆风顺，难免会遭受挫折和不幸。但是成功者和失败者非常重要的一个区别就是，失败者总是把挫折当成失败，从而使每次挫折都能够深深打击他追求胜利的勇气；成功者则是从不言败，在一次又一次挫折面前，总是对自己说：“我不是失败了，而是还没有成功。”一个暂时失利的人，如果继续努力，打算赢回来，那么他今天的失利，就不是真正的失败。相反地，如果他失去了再次战斗的勇气，那就是真的输了！

美国著名电台广播员莎莉·拉菲尔在她30年职业生涯中，曾经被辞退18次，可是她每次都放眼最高处，确立更远大的目标。最初由于美国大部分的无线电台认为女性不能吸引观众，没有一家电台愿意雇用她。她好不容易在纽约的一家电台谋求到一份差事，不久又遭辞退，说她跟不上时代。莎莉并没有因此而灰心丧气。她总结了失败的教训之后，又向国家广播公司电台推销她的清谈节目构想。电台勉强答应了，但提出要她先在政治台主持节目。“我对政治所知不多，恐怕很难成功。”她也一度犹豫，但坚定的信心促使她大胆去尝试。她对广播早已轻车熟路了，于是她利用自己的长处和平易近人的作风，大谈即将到来的7月4日国庆节对她自己有何种意义，还请观众打电话来畅谈他们的感受。听众立刻对这个节目产生兴趣，她也因此而一举成名。如今，莎莉·拉菲尔已经成为自办电视节目的主持人，曾两度获得重要的主持人奖项。她说：“我被人辞退18次，本来会被这些厄运吓退，做不成我想做的事情。结果相反，我让它们鞭策我勇往直前。”

美国百货大王梅西也是一个很好的例子。他于1882年生于波士顿，年轻时出过海，以后开了一间小杂货铺，卖些针线，铺子很快就倒闭了。一年后他另开了一家小杂货铺，仍以失败告终。在淘金热席卷美国时，梅西在加利福尼亚开了个小饭馆，本以为供应淘金客膳食是稳赚不赔的买卖，岂料多数淘金者一无所获，什么也买不

起，这样一来，小饭馆又倒闭了。回到马萨诸塞州之后，梅西满怀信心地干起了布匹服装生意，可是这一回他不只是倒闭，而是彻底破产，赔了个精光。不死心的梅西又跑到新英格兰做布匹服装生意。这一回他时来运转了，他买卖做得很灵活，甚至把生意做到了街上商店，但头一天开张时账面上才收入11.08美元。而现在位于曼哈顿中心地区的梅西公司已经成为世界上最大的百货商店之一。如果一个人把眼光拘泥于挫折的痛感之上，他就很难再抽出身来想一想自己下一步如何努力，最后如何成功。一个拳击运动员说："当你的左眼被打伤时，右眼还得睁得大大的，才能够看清敌人，也才能够有机会还手。如果右眼同时闭上，那么不但右眼要挨拳，恐怕连命也难保！"拳击就是这样，即使面对对手无比强劲的攻击，你还是得睁大眼睛面对受伤的感觉，如果不是这样的话一定会失败得更惨。其实人生又何尝不是这样呢？

感恩寄语

海明威说：人可以被打倒，但不能被打败。乔丹说：我可以接受失败，但我绝不接受放弃！我想说，当自己被命运100次击倒，就要101次站起来，看看命运还为自己准备了怎样的苦难……

“失败了再爬起来”，看起来是一句鼓舞失败者最好的话，但是要真正实现起来，需要的是自我鼓励的品质和勇气。所以，我们会对18次被解雇又19次奋起的著名主持人莎莉·拉菲尔充满敬意；所以我们会为美国百货大王梅西困境中的坚持与睿智而心生崇拜。

软弱者，在人生的拳台上总是一击就倒，一蹶不振；坚韧者，在人生的路途中总是勇往直前，百折不挠。人生中有许多的困难，最重要的是我们要学会面对挫折，面对失败。让我们学会在失败后找到原因，成为佼佼者；而不是在生活中迷失了方向，成为匆匆的过客。

虽然我们并不坚强的翅膀也许会受伤，但我们一定要飞向远方。失败并不可怕，为了追寻自己的理想，我们要飞翔，就要接受风雨的洗礼，才能迎来春风和朝阳。

如果你视工作为一种乐趣，人生就是天堂；如果你视工作为一种义务，人生就是地狱。检视一下你的工作态度，那会让我们都感觉愉快。

是天堂也是地狱

亲爱的约翰：

有一则寓言意味深刻，也让我颇有感触。寓言是这样的：

在古老的欧洲，有一个人在他死的时候，发现自己来到一个美妙而又能享受一切的地方。他刚踏进那片乐土，就有个看似侍者模样的人走过来问他："先生，您有什么需要吗？在这里您可以拥有一切您想要的：所有的美味佳肴，所有可能的娱乐以及各式各样的消遣，其中不乏妙龄美女，都可以让您尽情享用。"

这个人听了以后，感到有些惊奇，但非常高兴，他窃喜：这不正是我在人世间的梦想嘛！一整天他都在品尝所有的佳肴美食，同时尽享美色的滋味。然而，有一天，他却对这一切感到索然乏味了，于是他就对侍者说："我对这一切感到很厌烦，我需要做一些事情。你可以给我找一份工作做吗？"

他没想到，他所得到的回答却是摇头："很抱歉，我的先生，这是我们这里唯一不能为您做的。这里没有工作可以给您。"

这个人非常沮丧，愤怒地挥动着手说："这真是太糟糕了！那我干脆就留在地狱好了！"

"您以为，您在什么地方呢？"那位侍者温和地说。

约翰，这则很富幽默感的寓言似乎告诉我：失去工作就等于失去快乐。但是令人遗憾的是，有些人却要在失业之后，才能体会到这一点。这真不幸！

我可以很自豪地说，我从未尝过失业的滋味；这并非我走运，而在于我从不把工作视为毫无乐趣的苦役，却能从工作中找到无限的快乐。

我认为，工作是一项特权，它带来比维持生活更多的事物。工作是所有生意的基础，所有繁荣的来源，也是天才的塑造者。工作使年轻人奋发有为，比他的父母做得更多，不管他们多么有钱。工作以最卑微的储蓄表示出来，并奠定幸福的基础。工作是增添生命味道的食盐。但人们必须先爱它，工作才能给予人最大的恩惠、获致最大的结果。

我初进商界时，时常听说，一个人想爬到高峰需要很多牺牲。然而，岁月流逝，我开始了解到很多正爬向高峰的人，并不是在“付出代价”。他们努力工作是因为他们真正地喜爱工作。任何行业中往上爬的人都是完全投入正在做的事情，且专心致志。衷心喜爱所从事的工作，自然也就成功了。

热爱工作是一种信念。怀着这个信念，我们能把绝望的大山凿成一块希望的磐石。一位伟大的画家说得好：“痛苦终将过去，但是美丽永存。”

但有些人显然不够聪明，他们有野心，却对工作过分挑剔，一直在寻找“完美的”雇主或工作。事实是，雇主需要准时工作、诚实而努力的雇员，他只将加薪与升迁的机会留给那些格外努力、格外忠心、格外热心、花更多的时间做事的雇员，因为他在经营生意，而不是在做慈善事业，他需要的是那些更有价值的人。

不管一个人的野心有多么大，他至少要先起步，才能到达高峰。一旦起步，继续前进就不太困难了。工作越是困难或不愉快，越要立刻去做。如果他等得时间越久，就变得越困难、越可怕，这有点像打枪一样，你瞄得时间越长，射击的机会就越渺茫。

我永远也忘不了做我第一份工作——簿记员的经历，那时我虽然每天天刚蒙蒙亮就得去上班，而办公室里点着的鲸油灯又很昏暗，但那份工作从未让我感到枯燥乏味，反而很令我着迷和喜悦，连办公室里的一切繁文缛节都不能让我对它失去热心。而结果是雇主总在不断地为我加薪。

收入只是你工作的副产品，做好你该做的事，出色地完成你该做的事，理想的薪金必然会来。而更为重要的是，我们劳苦的最高报酬，不在于我们所获得的，而在于我们会因此成为什么。那些头脑活跃的人拼命劳作决不是只为了赚钱，使他们工作热情得以持续下去的东西要比只知敛财的欲望更为高尚——他们是在从事一项迷人的事业。

老实说我是一个野心家，从小我就想成为富人。对我来说，我受雇的休伊特－塔特尔公司是一个锻炼我的能力、让我一试身手的好地方。它代理各种商品销售，拥有一座铁矿，还经营着两项让它赖以生存的技术，那就是给美国经济带来革命性变化的铁路与电报。它把我带进了妙趣横生、广阔绚烂的商业世界，让我学会了尊重数字与事实，让我看到了运输业的威力，更培养了我作为商人应具备的能力与素养。所有的这些都在我以后的经商中发挥了极大效能。我可以说，没有在休伊特－塔特尔公司的历练，在事业上我或许要走很多弯路。

现在，每当想起休伊特－塔特尔公司，想起我当年的老雇主休伊特和塔特尔两位先生时，我的内心就不禁涌起感恩之情，那段工作生涯是我一生奋斗的开端，为我打下了奋起的基础，我永远对那三年半的经历感激不尽。

所以，我从未像有些人那样抱怨他的雇主，说："我们只不过是奴隶，我们被雇主压在尘土上，他们却高高在上，在他们美丽的别墅里享乐；他们的保险柜里装满了黄金，他们所拥有的每一块钱，都是压榨我们这些诚实工人得来的。"我不知道这些抱怨的人是否想过：是谁给了你就业的机会？是谁给了你建设家庭的可能？是谁让你得到了发展自己的可能？如果你已经意识到了别人对你的压榨，那你为什么不结束压榨，一走了之？

工作是一种态度，它决定了我们快乐与否。同样都是石匠，同样在雕塑石像，如果你问他们："你在这里做什么？"他们中的一个人可能就会说："你看到了嘛，我正在凿石头，凿完这个我就可以回家了。"这种人永远视工作为惩罚，在他嘴里最常吐出的一个字就是"累"。

另一个人可能会说："你看到了嘛，我正在做雕像。这是一份很辛苦的工作，但是酬劳很高。毕竟我有太太和四个孩子，他们需要温饱。"这种人永远视工作为负担，在他嘴里经常吐出的一句话就是"养家糊口"。

第三个人可能会放下锤子，骄傲地指着石雕说："你看到了嘛，我正在做一件艺术品。"这种人永远以工作为荣，工作为乐，在他嘴里最常吐出的一句话是"这个工作很有意义"。

天堂与地狱都由自己建造。如果你赋予你工作意义，不论工作大小，你都会感到快乐，自我设定的成绩不论高低，都会使人对工作产生乐趣。如果你不喜欢做的话，任何简单的事都会变得困难、无趣，当你叫喊着这个工作很累人时，即使你不卖力气，你也会感到精疲力竭，反之就大不相同。事情就是这样。

约翰，如果你视工作为一种乐趣，人生就是天堂；如果你视工作为一种义务，人生就是地狱。检视一下你的工作态度，那会让我们都感觉愉快。

爱你的父亲

感恩寄语

失去工作就等于失去快乐。这是洛克菲勒给儿子最重要的建议。在一般人的眼里，身为美国钢铁大王的儿子，拥有一生享用不尽的财富和权力，工作永远只是普通人谋生的方式。

洛克菲勒是一个睿智的父亲，他用自己人生的经历作为教材，向儿子展示着工作的美丽。

他的奋斗人生从做一个普通的簿记员开始，热心工作是他不断加薪的秘诀；他难以忘记自己在休伊特－塔特尔公司的工作经历，在这里他学会了技术、开阔了视野、历练了事业；他从不埋怨自己的雇主，因为他知道收入只是工作的副产品，做好该做的事，出色完成该做的事，美丽的成功必然来临。

热爱自己的工作吧！人的一生中，可以没有很大的名望，也可以没有很多的财富，但不可以没有工作。要从工作中得到乐趣，不要让自己变成工作的奴隶，而要成为工作的主人。工作的乐趣不是天生而来的，需要靠工作者的自信、毅力、谦虚、坚持……

让我们做那个快乐雕刻的石匠吧，劳作的痛苦终将过去，而工作的美丽将永存。

时间，时间是人最伟大的导师，我见过无数被失恋折磨得死去活来的人，是时间帮助他们抚平了心灵的创伤，并重新为他们选择了梦中情人，最后他们都享受到了本该属于自己的那份人间快乐。

苏格拉底与失恋者的对话

苏格拉底：“孩子，为什么悲伤？”

失恋者：“我失恋了。”

苏格拉底：“哦，这很正常。如果失恋了没有悲伤，恋爱大概就没有什么味道了。可是，年轻人，我怎么发现你对失恋的投入甚至比对恋爱的投入还要倾心呢？”

失恋者：“到手的葡萄给丢了，这份遗憾，这份失落，您非个中人，怎知其中的酸楚啊。”

苏格拉底：“丢了就是丢了，何不继续向前走，鲜美的葡萄还有很多。你打算怎么办？”

失恋者：“等待，等到海枯石烂，直到她回心转意向我走来。”

苏格拉底：“但这一天也许永远不会到来。你最后会眼睁睁地看着她向另一个人走去的。”

失恋者：“那我就用自杀来表示我的诚心。”

苏格拉底：“但如果这样，你不但失去了你的恋人，同时还失去了你自己，你会蒙受双倍的损失。”

失恋者：“踩上她一脚如何？我得不到的别人也别想得到。”

苏格拉底：“可这只能使你离她更远，而你本来是想与她更接近的。”

失恋者：“您说我该怎么办？我真的很爱她。”

苏格拉底：“真的很爱？”

失恋者：“是的。”

苏格拉底：“那你当然希望你所爱的人幸福了？”

失恋者：“那是自然。”

苏格拉底：“如果她认为离开你是一种幸福呢？”

失恋者：“不会的！她曾经跟我说，只有跟我在一起的时候她才感到幸福！”

苏格拉底："那是曾经，是过去，可她现在并不这么认为。"

失恋者："这就是说，她一直在骗我？"

苏格拉底："不，她一直对你很忠诚。当她爱你的时候，她和你在一起，现在她不爱你，她就离去了，世界上再没有比这更大的忠诚。如果她不再爱你，却还装作对你很有情谊，甚至跟你结婚、生子，那才是真正的欺骗呢。"

失恋者："可我为她所投入的感情不是白白浪费了吗？谁来补偿我？"

苏格拉底："不，你的感情从来没有浪费，根本不存在补偿的问题，因为在你付出感情的同时，她也对你付出了感情，在你给她快乐的时候，她也给了你快乐。"

失恋者："可是，她现在不爱我了，我却还苦苦地爱着她，这多不公平啊！"

苏格拉底："的确不公平，我是说你对所爱的那个人不公平。本来，爱她是你的权利，但爱不爱你则是她的权利，而你却想在自己行使权利的时候剥夺别人行使权利的自由。这是何等的不公平！"

失恋者："可是您看得明明白白，现在痛苦的是我而不是她，是我在为她痛苦。"

苏格拉底："为她而痛苦？她的日子可能过得很好，不如说是你为自己而痛苦吧。明明是为自己，却还打着别人的旗号。年轻人，德行可不能丢哟。"

失恋者："依您的说法，这一切倒成了我的错？"

苏格拉底："是的，从一开始你就犯了错。如果你能给她带来幸福，她是不会从你的生活中离开的，要知道，没有人会逃避幸福。"

失恋者："可她连机会都不给我，您说可恶不可恶？"

苏格拉底："当然可恶。好在你现在已经摆脱了这个可恶的人，你应该感到高兴，孩子。"

失恋者："高兴？怎么可能呢？不管怎么说，我是被人给抛弃了，这总是叫人感到自卑的。"

苏格拉底："不，年轻人的身上只能有自豪，不可自卑。要记住，被抛弃的并不是就是不好的。"

失恋者："此话怎讲？"

苏格拉底："有一次，我在商铺看中一套高贵的服装，可谓爱不释手，店主问我要不要。你猜我怎么说，我说质地太差，不要！其实，我口袋里没有钱。年轻人，也许你就是这套被遗弃的服装。"

失恋者："您真会安慰人，可惜您还是不能把我从失恋者的痛苦中引出。"

苏格拉底："是的，我很遗憾自己没有这个能力。但可以向你推荐一位有能力的朋友。”

失恋者：“谁？”

苏格拉底：“时间，时间是人最伟大的导师，我见过无数被失恋折磨得死去活来的人，是时间帮助他们抚平了心灵的创伤，并重新为他们选择了梦中情人，最后他们都享受到了本该属于自己的那份人间快乐。”

失恋者：“但愿我也有这一天，可我的第一步该从哪里做起呢？”

苏格拉底：“去感谢那个抛弃你的人，为她祝福。”

失恋者：“为什么？”

苏格拉底：“因为她给了你忠诚，给了你寻找幸福的新的机会。”

说完，苏格拉底就离开了。

感恩寄语

我们从这个因为失恋而失去理智的人身上读到了很多人类的丑陋：没完没了的自怨自艾，愚不可及的执拗与偏激，可怕的报复心理，对曾经所爱的怀疑与自私，付出必得回报的误区，摆脱过去展开新生的恐惧……

也许这源于失恋者的痛苦和失落。不识庐山真面目，只缘身在此山中，年轻人对爱情的绝望，对所爱之人的不理解，对自己的怀疑，让他陷在局中，难以自拔。

苏格拉底是睿智的，他想用自己的理性去告诉失恋者人生的美好与希望，爱的公平与权利，生命的珍贵与宽容。但还是他最后的祝福更有力量：时间，时间是人最伟大的导师，失恋的伤疤总会被时间抹平，时间给了我们重新寻找幸福的机会。

面对难以自拔的痛苦时，让我们记住《乱世佳人》中郝思嘉的一句话：我现在不去想它，明天一切都是新的。

“但是，你将成为一个出色的道白者。”母亲说，“道白者的角色跟公主的角色一样重要。”

所有的花儿都是美丽的

让杰西永远也忘不了的，是她上三年级时的一次午餐时间。学校排戏时，她被选来扮演剧中的公主。接连几周，母亲都煞费苦心地跟她一道练习台词。可是，无论她在家里表达得多么自如，可一站到舞台上，她头脑里的词句就全都无影无踪了。

最后，老师只好叫杰西靠边站。她解释说，她为这出戏补写了一个道白者的角色，请她调换一下角色。虽然老师的话挺亲切婉转，但还是深深地刺痛了杰西——尤其是看到自己的角色被让给另一个女孩的时候。

那天回家吃午饭时，杰西没把发生的事情告诉母亲。然而，母亲却觉察到了她的不安，没有再提议她们练台词，而是问她是否想到院子里走走。

那是一个明媚的春日，棚架上的蔷薇藤正泛出亮丽的新绿。杰西无意中瞥见母亲在一棵蒲公英前弯下腰。“我想我得把这些杂草统统拔掉。”她说着，用力将它连根拔起，“从现在起，咱们这庭园里就只有蔷薇了。”

“可我喜欢蒲公英。”杰西抗议道，“所有的花儿都是美丽的，哪怕是蒲公英!”

母亲表情严肃地打量着她。“对呀，每一朵花儿都以自己的风姿给人愉悦，不是吗?”她若有所思地说。

杰西点点头，母亲的话使她陷入了沉思。

“对人来说也是如此。”母亲又补充道，“不可能人人都当公主。而且那并不值得羞愧。”

杰西知道母亲猜到了自己的痛苦。她一边告诉母亲发生了什么事，一边失声哭泣起来。母亲听后释然一笑。

“但是，你将成为一个出色的道白者。”母亲说，“道白者的角色跟公主的角色一样重要。”

感恩寄语

在人生的舞台上，不一定每个人都是公主；但在自己的舞台上，我们可以做自己的主角。

世界因多彩而美丽。也许站在舞台的中心，大方开朗地展现不是我们的特长，但每个人都有自己的优点，每个人都有自己异于他人的独特之处，站在角落里的道白者更适合我们浑厚的嗓音和热烈的情感。

所以，不要为自己无法站在舞台的中心而悲伤，在痛苦的阴霾中，把自身其他的才能也埋没了。蔷薇有蔷薇的美丽芬芳，蒲公英也有蒲公英的质朴高远。

母亲是一位充满智慧的老师，她用花的道理启发杰西，她告诉了我们人就像花，个个都是美丽的，但美各有不同。每个人都有不同的位置与人生，适合自己的方式才是最美丽的。

年轻的朋友们，世上的角色也许有主次之分，却无轻重之别，根本无须为一个角色的调换而懊恼，缺少哪个角色都不是一出好戏，担当哪一个角色都有它的作用。

她要在这里教一辈子书。只是每当桃花盛开的时节，人们总会看到一个美丽忧伤的姑娘站在果园边，看桃花瓣瓣，飘向远方。

桃花开

又是漫山桃花盛开的季节。

秀儿倚在一杈桃枝旁看天，看天上飘飘悠悠的浮云。太阳爬上树梢，鲜艳的光彩泼了秀儿一脸一身，也给万物增添了无限的温暖和亮丽。

每到这个季节，秀儿的脑海中就浮现出一个年轻英俊、朝气蓬勃的男孩来。他高挑的个儿，白皙的脸上架一副眼镜，显得文文静静。他是秀儿这个村的小学教师，是从大城市来的。

那年的阳春三月，秀儿听弟弟说山下的小学来了个小老师，于是她天天坐在桃园里听小老师给孩子们讲课，那浑圆的男中音常常让她流连忘返。秀儿只恨爹娘太偏心，让她过早地离开了学校，成了果园里的稻草人。好在有了男老师和孩子们悦耳的读书声，秀儿不再寂寞了。终于有一天小老师突然出现在桃园，秀儿竟羞红了脸。小老师很大方，他关切地说："你叫秀儿，对吧？"秀儿机械地点点头。小老师又说："长得这么秀气，怎么不读书，是不是爹娘不让读？"秀儿使劲地点着头，激动得泪水快要流了出来。"好了，今后你就叫我小老师吧，我教你！"小老师眼镜片后面的眼睛一闪一闪，使秀儿心里好亮堂。从此秀儿坐在果园里，听小老师讲课。每个周末都是秀儿最开心的日子。小老师倚着桃树，教得绘声绘色。秀儿听懂了"白日依山尽，黄河入海流"的画意，也听懂了"野火烧不尽，春风吹又生"的诗情。秀儿还知道了山外边有高大的楼房，宽阔的马路，令人神往的生活。她的心像桃花一样红了，像桃叶一样绿了。秀儿偷偷地在日记中写道："小老师，我喜欢你。"她还在日记本里夹了朵桃花，优美的图案，清秀的字迹记录了一个女孩的全部秘密。

可是桃花落了的时候，小老师却突然失踪了。秀儿急了，她跑到老校长那儿去问，老校长颤巍巍递给秀儿一封信。秀儿惶恐地把信打开，小老师潇洒的字体映入眼帘："秀儿，我患了绝症，不久将要离开人世。不过很高兴，我圆了山村教书梦，也认识了山桃一样的你。你是个好姑娘，可你一定要读书，你的秀气决定了你将来一定有出息……"秀儿如五雷轰顶，瘫成一团，醒来后第一个念头就是想见小老师，可是小老师的那个城市离这儿有好几千里，更重要的是秀儿没有足够的钱去买车票。这个想法说出来，爹妈也是不同意的。秀儿的泪水像断线的珠子一颗一颗跌落下来。

三年后，秀儿成了学校的老师。

秀儿在教书的第二年年底，攒够了去小老师那座城市的路费。她要去看她五年来魂牵梦萦的人。在一个阳光明媚的早晨，她坐上了去山外的班车，经过两天两夜的辗转摇晃，秀儿找到了小老师的那座城市。按照小老师留下的地址，她终于找着了小老师的家。她看到了小老师凝固在一个黑色镜框里的灿烂微笑。而此时的小老师已躺在城外的青山上两年了。在那座坟茔边，秀儿静静地伫立着，城市的风掠过这个寂静的山冈。有几株桃树正开着花，一瓣一瓣的桃花落在秀儿的头发上，秀儿的泪水再一次无声地落了下来……

后来，秀儿回到山村，再也没有离开果园边的小学。她要在这里教一辈子书。只是每当桃花盛开的时节，人们总会看到一个美丽忧伤的姑娘站在果园边，看桃花瓣瓣，飘向远方。

感恩寄语

年轻的小老师，远离故乡所在的大城市，只为一份善良，来到这个穷困的山村，教学校里的孩子们，教辍学的秀儿。这是无数个热情真诚的青年志愿者的典型形象。他们的无私奉献让我们钦佩，他们的美丽心灵令我们崇敬。

他们用自己的善良为许许多多的人树立了人生的方向，让孩子们向往山外美丽的人生，让孩子们知道奉献的无私与美丽。他们不仅是知识的导师，更是心灵的天使。

我们理解秀儿因感激而涌动的爱，那是少女时代纯洁的感情。她是幸运的，她遇见了小老师，终于让心灵插上了翅膀。她带着感激，接过了小老师留下的希望，留在山野，给更多孩子的心灵插上翅膀。

这是爱的接力，更是崇高的力量！

18世纪60年代正是美国开始诞生百万富翁的年代，每个人都在疯狂地追求金钱。可是，这位淘金者却把淘到的金子扔掉了，有很多人认为这是天方夜谭，直到现在还有人怀疑它的真实性。

淘金者的故事

两个墨西哥人沿密西西比河淘金，到了一个河叉分了手，因为一个人认为阿肯色河可以淘到更多的金子，一个人认为去俄亥俄河发财的机会更大。

10年后，去俄亥俄河的人果然发了财，在那里他不仅找到了大量的金沙，而且建了码头，修了公路，还使他落脚的地方成了一个大集镇。现在俄亥俄河岸边的匹兹堡市商业繁荣，工业发达，无不起源于他的拓荒和早期开发。

进入阿肯色河的人似乎没有那么幸运，自分手后就没了音讯。有的说他已经葬身鱼腹，有的说他已经回了墨西哥。直到50年后，一个重2.7公斤的自然金块在匹兹堡引起轰动，人们才知道他的一些情况。当时，匹兹堡《新闻周刊》的一位记者曾对这块金子进行跟踪，他写道："这颗全美最大的金块来源于阿肯色，是一位年轻人在他屋后的鱼塘里面捡到的，从他祖父留下的日记看，这块金子是他的祖父扔进去的。"

随后，《新闻周刊》刊登了那位祖父的日记。其中一篇是这样写的："昨天，我在溪水里又发现了一块金子，比去年淘到的那块更大，进城卖掉它吗？那就会有成百上千的人拥向这儿，我和妻子亲手用一根根圆木搭建的棚屋，挥洒汗水开垦的菜园和屋后的池塘，还有傍晚的火堆，忠诚的猎狗，美味的炖肉山雀，树木，天空，草原，大自然赠给我们的珍贵的静逸和自由都将不复存在。我宁愿看到它被扔进鱼塘时荡起的水花，也不愿眼睁睁地望着这一切从我眼前消失。"

18世纪60年代正是美国开始诞生百万富翁的年代，每个人都在疯狂地追求金钱。可是，这位淘金者却把淘到的金子扔掉了，有很多人认为这是天方夜谭，直到现在还有人怀疑它的真实性。可是我始终认为它是真的。因为在我的心目中，这位淘金者是一位真正淘到金子的人。

感恩寄语

用自己的努力去获得财富，让自己的成功成就一座城市，这是一种辉煌的人生；用对财富的放弃守护自己辛苦创造的家园，守护自己清贫宁静的生活，这是另外一种美丽的人生。

当看到这个故事的时候，很多人会认为进入俄亥俄河的那位淘金者是成功的人，以为这是一个关于勤奋的故事。可是故事的结局都超乎了我们的想象，那位进入阿肯色河的淘金者似乎才是真正的赢家。在那个追求物质的狂热时代，这位淘金者却不愿意揭秘这块宝地，因为他不愿看见一方净土就这样消失，在他心中，宁静的世界才是真正的财富。

在这个物欲横流的社会有谁会抛弃物质上的富有呢？谁能理直气壮地告诉世界，我有勇气扔掉那能够给我带来财富与梦想的巨大金块！

用什么样的方式生活，是每个人个性的选择。不必指责别人的梦想，每个人都有权利去过自己想要的日子。也许，能够看到自己内心的人，才是真正得到财富的人啊。

第五辑　信念是一面旗帜

给自己树立一面旗帜，然后不遗余力地朝着旗帜前进。只要坚定一个信念，心中的希望就不会破灭，相信自己一定能够达到目标。信念看起来似乎微乎其微，然而它可以转化成内心巨大的力量，只要坚持下去，它的力量就会一天天强大起来，足以转变你的人生。

一个远道而来的阿拉伯商人在荒漠中寻找一头走失了的骆驼，可是这位阿拉伯商人直到快走出荒漠也没找到他的骆驼。

见微知著

一个远道而来的阿拉伯商人在荒漠中寻找一头走失了的骆驼，可是这位阿拉伯商人直到快走出荒漠也没找到他的骆驼。他想先走出荒漠，到附近寻找一处可以安身的地方，因为夜晚即将来临，一旦天黑之前还找不到住处，他就要和他剩下的几头骆驼在荒漠中过夜了。经常在荒漠中旅行的人都知道，那是十分危险的。好在他遇到的一位当地人告诉他荒漠的边缘就在前面不远，走出荒漠很短的距离就可以看到前面的人家了，那里会有人提供住宿和饮食。

当他牵着剩余的骆驼在荒漠中一边走一边询问遇到的路人是否看见过他那头走失的骆驼时，他看到前面有一个人正坐在一个沙丘旁休息。于是他走到那人旁边问："请问你是否见到了一头走失的骆驼？"

那人没有回答，而是反问他："你的骆驼是不是有一条腿瘸了，而且还瞎了一只眼睛，背上驮着的东西好像是谷子？"

阿拉伯商人高兴极了："你见过我的骆驼！你能告诉我它往哪个方向走了吗？"

没想到正当他脸上的笑容刚刚展开的时候，那人的回答就令他高兴不起来了。

那人说道："我根本就没有见到你的骆驼，我上面说的那些特征都是我自己猜测出来的。"

"哪里能猜得那么准，是不是这个人偷走了我的骆驼？要不然他怎么会知道得这么清楚呢？"阿拉伯商人心里这样想着，然后说道："你既然知道得这么清楚，那就证明你肯定见过那头骆驼，请你赶快告诉我骆驼在哪里？"那人依然说自己没有见过，然后又说："虽然我没有见过那头骆驼，不过我应该可以推测出它是往哪个方向走的，根据我的推测，你很有可能找到那头骆驼。"

越是听到那人这样说，阿拉伯商人心里就越是感到怀疑，于是他就不客气地对那人说："一定是你偷了我的骆驼！你赔我的骆驼，否则我就要拉你去见法官。"而那人则始终不承认是自己偷了骆驼。阿拉伯商人被激怒了，他坚持要拉着那人去见法官。

幸好在有人家的地方就有一个法官，阿拉伯商人要求法官判那人有罪。法官最初也站在阿拉伯商人一边——他也认为那人如果没有见到骆驼的话就不会对那头骆驼了解得如此详细，而他又不承认，那其中肯定隐藏着问题。可是当那人带着法官和阿拉伯商人来到荒漠中的一个地方时，经过那人的一番讲解，阿拉伯商人和法官都表示冤枉了他。

原来，那人带他们去的地方正是他发现骆驼足迹的地方。他之所以会对那头骆驼的情况了解得那么详细完全是因为他善于从细微处观察。那人是这样解释他的推测过程的："那头骆驼的脚印三只一样深，而只有一只脚印明显比较浅，足以表明那头骆驼很可能有一条腿瘸；而且那个地方的路两边都有一些细嫩的小草，而只有一边的被啃光了，另一边却丝毫未动，可以表明这只骆驼那侧的眼睛一定看不到东西；至于骆驼背上驮的东西，从道路两边洒下的细碎谷子就可以看出来。"说完这些之后，那人接着对阿拉伯商人说："通过对骆驼脚印的观察不难看出那头骆驼的前脚一直朝西，而且它一直是一边吃一边走，可以由此推测那头骆驼很可能还会朝西一直走下去，而且走得不会太远，你顺着这条路往下走，应该会找到你的骆驼。"

果然，沿着那人指引的方向追了一段时间，阿拉伯商人找到了自己的骆驼。

感恩寄语

管中窥豹，这是古人的智慧；一沙一世界，一花一天堂，这是西方人的哲思。

聪明的人总是善于借助已知的条件去推测未知的世界。他通过骆驼在沙漠中留下的脚印就能判断出骆驼有一只腿瘸，通过路边吃过的青草得知骆驼有一只眼睛看不见东西，通过路上遗留下来的谷子得知骆驼的身上一定驮着一袋谷子，通过骆驼蹄子的朝向得知它是向西行走的。这样超出众人的智慧怎能不引起平凡人的猜疑。

聪明人见一叶可以知秋，愚钝者往往是因一叶而障目，其中的根本区别就在于人们对细节的观察是否敏锐、是否具有从微小事物中把握大局的能力。小问题可能会带来大祸患，小变化可能引起大事件，千万不要随意忽略身边的小事。如果我们能够针对身边时刻变化的小事作出相应的反应，未雨绸缪，防患于未然，避免不必要的麻烦，就会让生活更加从容自在。

如果一个天使般的微笑，足以打开心中纠缠多年的死结，这样的笑容应该是无价的。同时，它也会是化解困境最有效的方法之一……

天价微笑

在20年前的美国，曾经发生过一个真实的故事。

美国加州有一位6岁的小女孩，一次偶然的机会，遇上某个陌生的路人，陌生人一下子给了她4万美元的现款。

一个小女孩突然间收到这么大金额的馈赠，消息一传出去，几乎整个加州都为之疯狂骚动起来。

记者纷纷找上门来，访问这个小女孩："小妹妹，你在路上遇到的那位陌生人，你认识他吗？他是你的远房亲戚吗？他为什么会给你那么多的钱？4万美元啊，那是一笔很大的数字啊！那位给你钱的先生，他是不是脑筋有点问题……"

小女孩露出甜美的微笑回答："不，我不认识他，他也不是我的远房亲戚，我想……他脑筋应该也没有问题吧！为什么给我这么多钱，我也不知道啊……"尽管记者用尽一切方法追问，仍然完全无法一探究竟。

最后小女孩的邻居和家人，试着用小女孩熟知的方法来引导她，要她回想一下，为何这个路人会给她这么多钱。

这位小女孩努力地想了又想，约莫过了十来分钟，恍若有所悟地告诉她的父亲："就在那一天，我刚好在外面玩，路上碰到这个人，当时我记得对着他露出微笑，就只有这样呀！"

父亲接着问道："那么，对方有没有说什么话呢？"

小女孩想了想，答道："他好像说了句：'你天使般的微笑，化解了我多年的苦闷！'爸爸，什么是'苦闷'啊？"

原来这个路人是一个富豪，一个很不快乐的有钱人。他脸上的表情一直是非常冷酷而严肃的；整个小镇上，根本没有人敢对着他笑。而富豪突然遇到这个小女孩，小女孩对着他露出真诚的微笑，使得这位富豪心中不自觉地温暖了起来，甚至能够在当下将尘封不知多少年的紧闭心门打开。

于是，富豪决定给小女孩4万美元，这是他对那时候他所拥有的那种感觉自己定出的价格。

如果一个天使般的微笑，足以打开心中纠缠多年的死结，这样的笑容应该是无价的。同时，它也会是化解困境最有效的方法之一……

感恩寄语

真诚的微笑，像明丽的阳光，温暖着痛苦者冰冷的心灵；纯洁的微笑，像清凉的春雨，润泽着不快乐的世界。

孩子的微笑常常被比喻为天使的微笑，因为这种微笑是天真的、纯净的，像欢快畅流的小溪，像美丽绽放的花朵，这种美好让人怦然心动。随着人慢慢长大，我们学会了苦笑、诡笑、淡然一笑，唯独不会有孩子般纯洁的笑容了。

我们没有必要去向往那从天而降的4万美元，因为在这个家财万贯的富豪眼中，纯洁的笑容带来的快乐远远胜过金钱带来的幸福。当他看到女孩的微笑的时候，心中好像有一股暖流流过，尘封多年的心门也在此时打开。

我们要向往的是孩子洁净的心灵，快乐的笑容。一个简单的微笑可以让失落的人感受到希望的力量，让悲伤的人心里得到一种安抚，让冷漠的陌生人之间减少隔阂。

让我们用微笑去面对生活吧，友好地面对困难与挑战，即使生活中有再多的不公，我们也会快乐地生活。

最后的结果就如同那首歌谣唱的那样，国王在骑着战马冲锋的时候，没有钉牢的马掌忽然掉落，战马随即翻倒，国王滚下马鞍被伯爵的士兵活活擒住，这场战役以国王的彻底失败而告终。

铁钉、战马与王朝

在英国民间流传着这样一首歌谣：

缺了一枚铁钉，掉了一只马掌；

掉了一只马掌，失去一匹战马；

失去一匹战马，损了一位骑兵；

损了一位骑兵，丢了一次战斗；

丢了一次战斗，输掉一场战役；

输掉一场战役，毁了一个王朝。

同所有民间谚语和歌谣一样，这首歌谣也是源自于社会生活，它反映的是战场上的一个真实事件，而且这首歌谣还以极其生动和简洁的形式几乎十分完整地叙述了那场战争。

那是在1485年，当时的英国国王到波斯沃斯征讨与自己争夺王位的里奇蒙德伯爵。决战马上就要开始了，战斗双方剑拔弩张。他们都知道胜败将在此一举，他们当中总有一方要戴上大英帝国国王的王冠，而另一方则只能沦为阶下囚。

决战开始的前一天，国王责令全军将士都要严整军容，并且要把所有的战斗工具调整到最好的状态，比如，确保足够的盾牌和长矛数量，使自己的钢刀更加锋利，以及使自己的战马更加勇往无前等。一位叫做杰克的毛头小伙子在这场战役中担任国王的御用马夫。他牵着国王最钟爱的战马来到了铁匠铺，要求铁匠为这匹屡建奇功的战马钉上马掌。

钉马掌只是一件小活儿，却因最近战事频繁，铁匠铺的生意都好得不得了，所以铁匠对这个年轻的马夫有些怠慢。身为国王的马夫，杰克当然容不得对方的这种轻视态度，于是他端着架子对铁匠说："你知道这匹马的主人是谁吗？你知道这匹战马将要立下怎样的战功吗？告诉你，这可是国王的战马，明天国王就要骑着它打败里奇蒙德伯爵。"铁匠再也不敢怠慢眼前的小马夫了，他把马牵到棚子里开始为马钉马掌。

钉马掌的工作其实很简单，这个技艺娴熟的铁匠不知道已经为多少战马钉过马掌了。但是今天，就在为国王的御用战马钉马掌的这一刻，他却感到了为难，原来他手中的铁片不够了。于是他告诉马夫需要等一会儿，自己要到仓库中寻找一些能用于钉马掌的铁片。可是马夫杰克却很不耐烦，他说：“我可没有那么多时间等你，里奇蒙德伯爵率领的军队正在一步一步地向我们逼近，耽误了战斗，无论是你还是我都承担不起责任。”看到铁匠愁眉苦脸的样子，他又说：“你可以随便找其他一些东西来代替那种铁片嘛！难道在你偌大个铁匠铺里就找不到这样一些东西吗?”杰克的话提醒了铁匠，他找到一根铁条，当铁条被横截之后，正好可以当成铁片用。

铁匠将这些铁片一一钉在了战马的脚掌上，可是当他钉完第三个马掌的时候，他发现又有新问题出现了——这一次是钉马掌用的钉子用完了，这不能怪铁匠储备的东西不够丰富，实在是战争中需要用的铁制工具太多了。铁匠只好再请求马夫等一会儿，等自己砸好铁钉再把马掌钉好。马夫杰克实在是等不及了，让铁匠再凑合凑合得了，铁匠告诉他恐怕不牢固，但马夫坚持不愿意再等了。这匹战马就这样带着一个缺少了钉子的马掌离开铁匠铺，载着国王冲到了战斗的最前沿。

最后的结果就如同那首歌谣唱的那样，国王在骑着战马冲锋的时候，没有钉牢的马掌忽然掉落，战马随即翻倒，国王滚下马鞍被伯爵的士兵活活擒住，这场战役以国王的彻底失败而告终。

感恩寄语

“合抱之木，生于毫末；九层之台，起于累土。”世间任何一次成功都离不开细节。

一次关键的战争，会被一次粗心的应付击败；一个庞大的王朝，会被一个小小的铁钉毁掉。过去听到类似的劝诫时，我们总是将其当做耸人听闻的耳旁风，当我们亲身体验到其中的滋味时，常常为时已晚。

我们的许多故事犹如铁钉和王国的关系。小时候我们会犯下错误，有的错误改了就可以，但是有些错误是不能够被原谅的，也许那个看起来无足轻重的错误，将来就成了人生道路上最难以克服的障碍。马虎是大多数人都有的小毛病，但是这样的小毛病一定要及时改正，如果在长大以后依然存在这样的毛病，很有可能造成工作上的失误，给企业带来巨大的损失。

朋友们，细节决定成败，不要因为匆忙与轻视，钉坏了人生的马掌，让自己在成功之路上马失前蹄，从而葬送一场人生中至关重要的战役。

一个人可以出身贫贱，可以遭受屈辱，但绝对不能缺少突围的精神，没有这种精神，你就会失去行走的能力，永远也抵达不到本来可以抵达的人生的大境界。

突围的精神

出生于美国的普拉格曼连高中也没有读完，却成为一位非常著名的小说家。在他的长篇小说授奖典礼上，有位记者问道："你事业成功最关键的转折点是什么?"大家估计，他可能会回答是童年时母亲的教育，或者少年时某个老师特别的栽培。然而出人意料的是，普拉格曼回答说，是二战期间在海军服役的那段生活：

"1944 年 8 月一天午夜，我受了伤。舰长下令由一位海军下士驾一艘小船趁着夜色送身负重伤的我上岸治疗。很不幸，小船在那不勒斯海迷失了方向。那位掌舵的下士惊慌失措，想拔枪自杀。我劝告他说：'你别开枪。虽然我们在危机四伏的黑暗中漂荡了 4 个多小时，孤立无援，而且我还在淌血……不过，我们还是要有耐心……'说实在的，尽管我在不停地劝告着那位下士，可连我自己都没有一点信心。但还没等我把话说完，突然前方岸上射向敌机的高射炮的爆炸火光闪亮了起来，这时我们才发现，小船离码头不到三海里。"

普拉格曼说："那夜的经历一直留在我的心中，这个戏剧性的事件使我认识到，

生活中有许多事被认为是不可更改的、不可逆转的、不可实现的，其实大多数时候，这只是我们的错觉，正是这些‘不可能’把我们的生命‘围’住了。一个人应该永远对生活抱有信心，永不失望。即使在最黑暗最危险的时候，也要相信光明就在前头……”二战后，普拉格曼立志成为一名作家。开始的时候，他遭到过无数次的退稿，熟悉的人也都说他没有这方面的天分。但每当普拉格曼想要放弃的时候，他就想起那戏剧性的一晚，于是他鼓起勇气，一次次突破生活中各种各样的“围”，终于有了后来炫目的灿烂和辉煌。

这里还有另一个故事。一天早晨，电报收发员卡纳奇来到办公室的时候，得知由于一辆被撞毁的车子阻塞了道路，铁路运输陷入瘫痪。更要命的是，铁路分段长司各脱不在。按照条例，只有铁路分段长才有权发调车令，别人这样做会受到处分，甚至被革职。车辆越来越多，喇叭声、行人的咒骂声此起彼伏，有人甚至因此动起手来。“不能再等下去了。”卡纳奇想。他毅然发出了调车电报，上面签着司各脱的名字。司各脱终于回来了，此时阻塞的铁路已畅通无阻，一切顺利如常。不久，司各脱任命卡纳奇为自己的私人秘书，后来司各脱升职后，又推荐卡纳奇做了这一段铁路的分段长。发调车令属于司各脱的职权范围，其他人没人敢突破这个“围”，卡纳奇这样做了，结果他成功了。

仔细想来，每个人其实都有着这样那样的“围”：主观上的、认识上的偏见，个性上的不足，客观上的陈规陋习等都制约着我们实现生命价值的最大化。如果我们想在一生中有所作为，我们就必须要学会不停地突围。

然而，一个人要突破各种各样的“围”，不是一件容易的事。首先，我们要有识“围”的智慧。有的“围”是明摆着的，我们一看就知道它妨碍着我们走向远方。但有的“围”是“糖衣炮弹”，你看不到它对你的妨碍，或许你看到了也会有意无意地纵容它挤占心灵的地盘。其次，我们要有破“围”的实力。要突破主观的“围”，我们只需依赖意志；突破客观的“围”，则必须依靠人才、能力了。比起前者，后者的获得更艰难，付出的人生代价也更惨重。

突围是我们给予自己的最好的礼物，如果把我们向往的生活比作一个小岛，突围则是一条平静的航道；如果把我们的生命比作一块土地，突围就是那粒通向秋天的种子；如果把我们的人生比作天空，突围就是那轮光芒四射的太阳……一个人可以出身贫贱，可以遭受屈辱，但绝对不能缺少突围的精神，没有这种精神，你就会失去行走的能力，永远也抵达不到本来可以抵达的人生的大境界。

感恩寄语

我们都曾漂泊在黑夜的海上，无边的黑暗和潜在的危险让我们绝望，只有坚韧才能让我们等到希望的灯光；我们都曾停留在畏惧的城堡，对规则的敬畏和对后果的恐惧，让很多机会从身边悄悄溜走……

人生需要一次又一次的突围。突破樊篱需要勇气，打破桎梏需要智慧。突破恐惧的假想，突破心灵的束缚，突破习惯的力量，当我们拥有了突破自我的勇气，事情才能进步和发展。

生活中有许多事被认为是不可更改的、不可逆转的、不可实现的，正是这些“不可能”把我们的生命“围”住了。突破自己的胆怯和周围事物的阻挠，前进一小步就会得到意想不到的转变。不要被旧有的制度和自己的主观臆想绑住脚步。一个人应该永远对生活抱有信心，永不失望。即使在最黑暗最危险的时候，也要相信光明就在前头……

正如走迷宫一样，如果我们在迷宫的外面俯视整个迷宫，如何找到出口不就变得很容易了吗？要有敢于跳出来的精神，才能有突破性的发展。

他的名字将和自由女神像一样流传千古，他向人们传递的自由精神将会被千万代的人所铭记。

完善每一个细节

1886年，为了纪念自由精神强烈的美利坚合众国成立，法国政府送给美国一座雕刻历时10年、高约46米的自由女神像。女神的外貌设计源于雕塑家的母亲，高举火炬的右手则以雕塑家妻子的手臂为蓝本。这座自由女神像象征着美国人民的自由精神。直至今日，这座雕像依然是美国最具代表性的景观之一，而且随着时代的发展，自由女神像历经沧桑，它几乎已经成为全球所有为自由而奋斗的人心目中神圣的向往。

人们怀着这种神圣的向往，从四面八方涌来，为的就是一睹自由女神的风采。在雕像耸立于美国自由广场一百多年以后，有一位画家和朋友一起乘坐一架私人小飞机飞到了距离地面约300英尺的高空，画家和他的朋友已经清楚地看到了自由女神像头部的所有细节：一缕缕飘逸而韧性十足的头发，丰富的脸部表情，额头、鼻翼两侧还有耳廓边的每一个线条，以及坚定地盯着前方、充满火热激情的眼睛……所有的一切都被雕塑家表现得栩栩如生。这位画家素以对作品无比挑剔和苛刻著称，但是看到眼前精美的自由女神像，他也不由地赞叹起来，简直是巧夺天工。

在1886年之前，飞机还没有被发明制造出来，而雕塑家却尽其所能地完成雕像的每一个部分，丝毫没有忽略其中的任何一个细节。

在一个多世纪以前，这位雕塑家用自己的双手一刀一锉地刻出每一个完美的细节，即使是最细微、最不可能为人所注意的部位也没有丝毫马虎，他甚至不考虑自己精心雕刻的某些细节可能人们永远都不会看到。但他始终没有放松对自己的要求，他在巨大的自由女神像上一刀一刀地刻着，在他眼中只有手中的刀锉和刀锉下的完美细节。也正是因为雕刻家鬼斧神工的雕刻技术，以及他对于完美细节的不懈追求，巨大的自由女神像才以近乎完美的形象展现在人们面前，同时展现在人们眼前的还有雕塑家的精巧技艺及其通过每一个细节向人们传递的自由精神。

这位自由女神像的雕塑者就是弗雷德里克·奥古斯塔·巴托尔迪。他的名字将和自由女神像一样流传千古，他向人们传递的自由精神将会被千万代的人所铭记。

感恩寄语

我想，让自由女神像如此完美的是雕塑者巧夺天工的雕刻技术，同时还有他对完美细节的不懈追求。在没有飞机的年代，艺术家尽其所能，完成雕像的每一个细节，对人们根本无法看到的部位也不落下一处，他没有考虑过巨大的雕像在细节上可能会被人们所忽略，只是力求尽善尽美。

因为完美的细节，人们永远记住了自由女神雕像，也记住了自由女神雕像的作者弗雷德里克·奥古斯塔·巴托尔迪。

也许，人生就是一个追求完美的过程，我们奋斗的过程就是为了弥补我们的不完美，法国的罗曼·罗兰说过："人生是一场无休、无歇、无情的战斗，凡是要做个够得上成为人的人，都得时时刻刻同无形的敌人作战。"人的一生没有完美，必须付出毕生精力去追求，去奋斗，只要我们毕生努力去追求了，那就是完美。

加加林通过一个再细小不过的举动赢得了罗廖夫以及其他人的青睐，从而成为遨游太空的第一人，使自己的名字在浩瀚的人类历史上留下了重重的一笔。

小举动赢得大成就

上个世纪中期，苏联先进的航天技术曾经令世人折服。当由苏联研究制造的载人航天飞船首次遨游太空之后，无论是当时到太空遨游的航天飞船“东方 1 号”，还是当时乘坐“东方 1 号”在太空遨游 108 分钟的飞行员加加林的名字都从载人航天飞船成功返回地球的那一刻起被载入了全人类的史册，永远被世人所铭记。

“东方 1 号”先进的制造技术和精密的制造工艺自然令苏联的军事科学研究者们感到无比自豪，而随同载人航天飞船一同遨游太空的加加林也以其出色的表现赢得了世人的赞扬。不过，当初在选择随同载人航天飞船一起遨游太空的最佳人选时，包括“东方 1 号”的设计者在内的所有人其实都感到了很大的为难。因为从体能、技术、品德素质等方面来看，符合条件的航天员有加加林、季托夫、涅留波夫三人，究竟选择谁更合适呢？从“东方 1 号”研制成功以来，这个问题一直困扰着航天飞船的设计者和整个航天计划的领导者。

在航天飞船飞入太空的前一个星期，这个困扰人心的问题总算尘埃落定——被有幸选中成为人类历史上第一位随同载人航天飞船遨游太空的航天员就是后来名垂千古的加加林。加加林究竟是以什么样的优势赢得决策者的青睐的呢？“东方 1 号”的总设计师罗廖夫在接受记者采访时对于这个问题的回答令当时的人们感到十分意外，但是如今关于这件事的前因后果已经被传为人类历史上的佳话。罗廖夫是这样回答记者的：“其实当时被选送来的航天员的各方面素质都很优秀，而且彼此之间的差距又微乎其微，这对我们来说实在是一个难题。不过当时的选拔过程中，我总感觉航天员们的表现有些美中不足，但是究竟是哪里出现了问题我自己也不太清楚。直到加加林进入飞船的那一刻，我才清晰地意识到其他航天员的不足之处。”说这话的时候，罗廖夫仍然掩饰不住心中的激动，他顿了顿接着说：“加加林在进入航天飞船之前，他轻轻地脱下了自己的鞋子，只穿着袜子进入了座舱。就是这个在很多人看来微不足道的举动一下子打动了我，因为我从他的这一举动中看出了他平时追求完美的习惯，而且还感受到了他对航天飞船的无比珍爱。要知道，他对航天飞船的珍爱实际上就是对我们这些设计人员的尊敬，同时也是对航天事业的热爱。在后来的技能测试和知识问答中，加加林的表现同样完美，所以最终我们决定让加加林执行人类首次太空飞行的神圣使命。”

加加林通过一个再细小不过的举动赢得了罗廖夫以及其他人的青睐，从而成为遨游太空的第一人，使自己的名字在浩瀚的人类历史上留下了重重的一笔。其实正如罗廖夫所说，加加林当时的那一举动虽小，但绝不是偶然，而是其长期以来对细节重视的必然结果，也正是这种长期以来对细节的重视为其赢得了必然的伟大成就。

感恩寄语

老子说：天下难事，必做于易；天下大事，必做于细。细节是构成金字塔的一块块方石，是铁轨下的一条条枕木。只有关注细节，把握细节，演绎细节，才能更好地把握人生和命运。

或许有的同学秉承着“成大事者不拘小节”的想法，对一些细枝末节不屑一顾，对加加林脱下鞋子，只穿着袜子进入座舱的细节嗤之以鼻，但仔细想想，在同样优秀的人群中，却正是这样的细枝末节成为了区分的标尺，正是这样的细节编织了成功的梦想。生命之梦绚丽多彩，没有细节的基石，一切皆是空想。

我们听到过很多职场故事：一个歪倒的扫帚让一个平凡的青年在万千应聘者中脱颖而出，一个站起感谢的动作让一个出身乡村的青年获得了留在国家机关的机会，一个善意的微笑让一个努力发展的企业赢得了大额的订单……

这些不仅是故事，更是真实的生活！

一个中学生模样的小姑娘站在我身旁，抬起脸看着我，白圆的脸上，一双清秀的眼睛眨巴眨巴地闪动着，像一潭清澈见底的泉水，微波起伏，平静中略带点惊讶。

小鸟，你飞向何方

赵丽宏

在黄昏的微光里，有那清晨的鸟儿来到了我的沉默的鸟巢里。

我喜欢泰戈尔的诗。还在读中学的时候，泰戈尔就把我迷住了，一本薄薄的《飞鸟集》，竟被我纤嫩的手指翻得稀烂。好些充满着光彩和幻想的诗句，曾多少次拨动我少年的心弦……

《飞鸟集》破损了，我渴望再得到一本。然而，“文化大革命”一开始，这个小小的愿望，竟成了梦想。我的那本破烂的《飞鸟集》，也被人拿去投入街头烧书的熊熊烈火中，暗红色的灰烬在火光里飞舞，飘飘洒洒，纷纷扬扬。我仿佛看见老态龙钟的泰戈尔在火光里站着，烈火烧红了他的白发，烧红了他的银须，也烧红了他朴素的白袍。他用他那冷峻而又安详的目光注视着这一切，看着，看着，他的神色变了，似有几许惊恐，几许不安，也有几许愤怒，几许嘲讽……

我还是喜欢泰戈尔。在动乱的岁月里，我默默地背诵着他的诗，以求得几分心灵的安宁。“诗人的风，正出经海洋和森林，求它自己的歌声”我陶醉在他所描绘的大自然中了——那宁静而又浮躁的海洋，那广袤而又多变的天空，那温暖而又清澈的湖泊，那葱郁而又古老的森林……

有一天，我忽然异想天开了；到旧书店去走走，看能不能找到几本好书。结果，当然叫人失望。但我发现，有时还会有几本“罪当火烧”的书出现在书架上，或许，这是店员的粗心吧。于是，我抱着几分侥幸，三天两头往旧书店跑。一个星期天的早晨，我又走进冷冷清清的旧书店。我的目光，久久地在一排排大红的书脊中扫动，突然，我的眼睛发亮了：一条翠绿色的书脊，赫然跻身在一片红色之间，啊，竟是《飞鸟集》！

该不会有另一种《飞鸟集》吧？我不相信自己的眼睛，仔细一看，果真有泰戈尔的名字。随即，我又紧张了，是的，这年头，得而复失的太多了。挤夺着《飞鸟集》的一片绿色，又使我想起街头那一堆堆焚书的烈火，那漫天飞扬的纸灰……我

赶紧向书架伸出手去。

几乎是同时，旁边也伸出一只手来。两只手，都紧紧地捏住了《飞鸟集》。这是一只瘦小白皙的手，一只小姑娘的手。我转过脸来，正迎上两道清亮的目光——一个中学生模样的小姑娘站在我身旁，抬起脸看着我，白圆的脸上，一双清秀的眼睛眨巴眨巴地闪动着，像一潭清澈见底的泉水，微波起伏，平静中略带点惊讶。

我愣住了，手捏着书脊，不知如何是好。还是她开了口："你也要它吗？那就给你吧。"声音，清脆得像小鸟在唱歌。

我在脑海里忽然闪过个念头，在这样的时候，她还会喜欢泰戈尔？莫非，她根本不知道这是怎样一本书？于是，我轻轻问道："你知道这是谁的书？"

"谁的书？"小姑娘抬起头来，颇有些惊奇地看着我，秀美的眼睛睁得滚圆，转而开心地笑起来，一边笑，一边做了个鬼脸："这是一个老爷爷的书，一个满脸白胡子的印度老爷爷。我喜欢他。"说罢，用手做着捋胡子的样子，又格格地笑了。如同平静的池塘里投进一颗石子，笑声，在静静的店堂里荡漾……

啊，还真是个熟悉泰戈尔的！我多么想和她谈谈泰戈尔，谈谈我所喜欢的那些作家，谈谈几乎已被人们遗忘了的世界啊！然而，这样的年头，这样的场合，这样的谈话肯定是不合时宜的，即使年轻，我还是懂得这一点。小姑娘见我呆呆地不吭声，刷地一下把《飞鸟集》从书架上抽下来，塞到我手中："给你吧，我家里还藏着一本呢！"没等我作出任何反应，她已经转身去了。我只看见她的背影：一件浅紫色的衬衫，上面开满了白色的小花；两根垂到腰间的长辫，随着她轻快的脚步摆动……

她走了，像一缕轻盈的风，像一阵清凉的雨，像一曲优美的歌……

夏天的飞鸟，飞到我窗前唱歌，又飞去了。

旧书店里的那次邂逅，留给我的印象竟是那么强烈。真的，生活中有些偶然发生的事情，有时会深深地刻进记忆中，永远也忘记不了。我不知道那个小姑娘的名字，甚至没有看仔细她的容貌，但她从此却常常地闯到我的记忆中来了。当我看着那些在街头吸烟、无聊、踯躅的青年，心头忧郁发闷的时候，当我读着那些大吹“知识越多越反动”的奇文，两眼茫然迷离的时候，她，就会悄悄地站到我的面前，眨着一双明亮的眼睛，莞尔一笑，把一本《飞鸟集》塞到我手中，然后，是那唱歌一般悦耳的声音：“这是一个老爷爷的书，给你吧，我家里还藏着一本呢！”

她使我惶乱的思想得到一丝欣慰，她使我空虚的心灵得到几分充实。她使我相信：并不是所有的青年人都忘记了世界，抛弃了前人创造的文化，抛弃了那些属于全体人类的美的事物！

有时，我真想再见到这位小姑娘，可是，偌大个城市，哪里找得到她呢？有时，我却又怕见到她。因为，在这些岁月里，有多少纯真的青年变了，变得世故，变得粗俗，就像炎夏久旱之后的秧苗，失去了水灵灵的翠绿，萎缩了，枯黄了。我怕再见到她以后，便会永远丢失那段美好的回忆。

一次，我在街上走着，迎面过来几个时髦的姑娘，飘逸潇洒的波浪长发，色调深艳的喇叭裤子，高跟鞋踏得笃笃作响，香脂味随着轻风飘来。她们指手画脚大声谈笑着，毫无顾忌，似乎故意招摇过市，引得路人纷纷投去惊奇的目光，目光中不无鄙视。对那些衣着打扮，我倒并没有多少反感，只是她们的神态……

我忽然发现，这中间有一张似曾相识的脸——啊，难道是她？是那个在书店遇见的姑娘！真有点像呀！我的心不禁一阵抽搐。我迎上去，想打招呼，她却根本不认识我，连看都不看一眼，勾着女伴的颈脖，嬉笑着从我身边走过去。哦，不是她，但愿不是她！我默默地安慰着自己，呆立在路边，闭上了眼睛……

是的，这决不会是她。然而，这件小事却给我心头重重一击。工作之余，我又打开泰戈尔的诗集。泰戈尔，这位异国的诗人，毕竟离我们遥远了，他怎么能回答我们这一代青年人的疑虑和苦恼呢！他的一些含着神秘色彩的诗句，竟使我增添许多莫名的忧愁和烦闷。“有些看不见的手指，如懒懒的微风似的，正在我的心上，奏着潺缓的乐声。啊，我知道我的忧伤会伸展开它的红玫瑰叶子，把心开向太阳！”

冬天的小鸟啾啁着，要飞向何方？

历尽了一个肃杀的寒冬，春天来了。经过冰雪的煎熬，经过风暴的洗礼，多少年轻的心灵复苏了，他们告别了愚昧，告别了忧郁，告别了轻狂，向光明的未来迈开了脚步。就像泥土里的种子，悄悄地萌发出水灵灵的嫩芽，使劲顶出地面，在春风春雨里舒展开青翠的枝叶……

恍若梦境，我竟考上了大学，去报到之前，我清理着我的小小的书库，找几本心爱的书随身带着，第一本，就想到了《飞鸟集》。啊，她在哪里呢？那个许多年前在书店里遇见的小姑娘！此刻，即使她站到我面前，我大概也不会认识她了，可是，我多么想知道，她在哪里……

人流，长长不断的人流，浩浩荡荡涌向校门。我随着报到的人群，慢慢地向前走着。不知怎的，我仿佛有一种预感——在这重进校门的队伍中，会遇见她。于是，我频频四顾，在人群中寻找着。

一次又一次，我似乎见到了她——她背着书包走过来了，脚步，已不似当年轻盈，却稳重了，坚定了；身上，还是那一件淡紫色的衬衫，上面开满了白色的小花；两根垂到腰间的长辫，轻轻地晃动着……

这不过是幻觉而已，我找不到她。在这支源源不绝的人流里，有那么多的小伙，那么多的姑娘，哪有这样巧的事情呢。可是，我的心头还是涌起了几分惆怅，眼前，仿佛又掠过几年前在街头见到的那一幕……

有人撞到我的脚跟上，我一下子从沉思中惊醒。身边，是笑声，是歌声，是脚步声。我不禁哑然失笑，脑海中，突然跳出几行不知是谁写的诗句来：

你呀，你呀，何必那么傻，
经过一场风寒，就以为万物肃杀……
闻一闻风儿中春的芳馨吧，
生活，总要向美好转化！

我抬起头来，幽蓝的天空，辽远而又纯净——这是春天的晴空啊！一群又一群鸟儿从远方来了，它们欢叫着，抖动着翅膀，划过透明的青天，飞啊，飞啊，飞啊……

感恩寄语

政治能束缚人的思维方式，却改变不了自由的心灵；时尚能改变人的生存方式，却改变不了爱美的灵魂……

在那个荒诞的年代里，一本《飞鸟集》始终牵动着作者的心灵。“文革”中被烧掉的沮丧，时时不忘的吟诵，旧书店里再得时的欣喜，《飞鸟集》在作者的心中变成了美的天堂，就连那个同样喜欢泰戈尔的女孩也从此成为了作者心灵的伙伴，美好情感的寄托。

真难想象在这浮华的社会，还有人能够静下心来拜读泰戈尔的散文。旧书店里的女孩犹如一朵山茶花，清新、淡雅、脱俗，简简单单的装束却让人记忆犹新。女孩的出现使作者惶恐的心得到了一丝安慰，空虚的心灵也得到了充实，但时代的变化又让作家的内心充满了忐忑。

小鸟，你飞向何方？它隐藏在清远的山水之中，它隐藏在所有爱美的心灵之中，它隐藏在一本书、一首歌、一段回忆之中，让我们在心中给这神奇的鸟儿留下一片优美的山水，哪怕是一瞬间的感动也会幻化成我们一生的精神鼓励。

在就职演说中，罗尔斯说："信念值多少钱？信念是不值钱的，它有时甚至是一个善意的欺骗，然而你一旦坚持下去，它就会迅速增值。"

信念是一面旗帜

罗杰·罗尔斯是美国纽约州历史上第一位黑人州长。他出生在纽约声名狼藉的大沙头贫民窟。这里环境肮脏，充满暴力，是偷渡者和流浪汉的聚集地。在这儿出生的孩子，他们从小耳濡目染，学会了逃学、打架、偷窃甚至吸毒，长大后很少有人从事体面的职业。然而，罗杰·罗尔斯是个例外，他不仅考入了大学，而且成了州长。

在记者招待会上，一位记者向他提问："是什么把你推向州长宝座的？"面对三百多名记者，罗尔斯对自己的奋斗史只字未提，只谈到了他上小学时的校长——皮尔·保罗。

1961 年，皮尔·保罗被聘为诺必塔小学的董事兼校长。当时正是美国嬉皮士流行的时代，他走进大沙头诺必塔小学的时候，发现这里的穷孩子比"迷惘的一代"还要无所事事。他们不与老师合作，旷课，斗殴，甚至砸烂教室的黑板。皮尔·保罗想了很多办法来引导他们，可是没有奏效。后来他发现这些孩子都很迷信，于是在他上课的时候就多了一项内容——给学生看手相。他用这个办法来鼓励学生。

当罗尔斯从窗台上跳下，伸着小手走向讲台时，皮尔·保罗说："我一看你修长的小拇指就知道，将来你是纽约州的州长。"当时，罗尔斯大吃一惊，因为长这么大，只有他奶奶让他振奋过一次，说他可以成为拥有 5 吨重的小船的船长。这一次，皮尔·保罗先生竟说他可以成为纽约州的州长，着实出乎他的预料。他记下了这句话，并且相信了它。

从那天起，"纽约州州长"就像一面旗帜，罗尔斯的衣服不再沾满泥土，说话时也不再夹杂污言秽语，他开始挺直腰杆走路，在以后的四十多年间，他没有一天不按州长的标准要求自己。51 岁那年，他终于成了州长。

在就职演说中，罗尔斯说："信念值多少钱？信念是不值钱的，它有时甚至是一个善意的欺骗，然而你一旦坚持下去，它就会迅速增值。"

感恩寄语

生命很美，美在可以期待。期待很美，美在不知道结果。期待就像一个人坐在火车上，听说下一站有很美的景色，于是他早早地把头探出窗外，希望早一些看到下一站的美景。

同样的生存环境，有的孩子成为流氓恶棍，罗杰·罗尔斯却成为了美国纽约州历史上第一位黑人州长，这一切都源于一个人善意的期待，源于皮尔·保罗校长看似迷信，实际却是对美好未来的祝愿，期待的力量让早已确定的命运发生了转变，改变了方向。

给自己树立一面旗帜，然后不遗余力地朝着旗帜前进。只要坚定一个信念，心中的希望就不会破灭，相信自己一定能够达到目标。信念看起来似乎微乎其微，然而它可以转化成内心巨大的力量，只要坚持下去，它的力量就会一天天强大起来，足可以改变一个人的人生。

一切幸运并非没有烦恼，而一切恶运也决非没有希望。重要的是学会敢于期待，敢于想象我们的明天会更好，只要相信自己，一切皆有可能。

是这里的纯净吸引了我。天永远这么蓝，孩子是那么尊敬老师，对知识的渴望是那么强烈……我爱上了这个地方，爱上了这里的孩子。

雪山脚下的都市女教师

蔡　宇

2003 年，34 岁的成都女教师谢晓君带着 3 岁的女儿，到四川省甘孜藏族自治州康定县塔公乡的西康福利学校支教。2006 年 8 月，一座位置更偏远、条件更艰苦、康定县第一所寄宿制学校——木雅祖庆学校创办了。谢晓君主动前往当起了藏族娃娃们的老师、家长甚至保姆。2007 年 2 月，她把工作关系转到康定县，并表示“一辈子待在这儿”。

“是这里的纯净吸引了我。天永远这么蓝，孩子是那么尊敬老师，对知识的渴望是那么强烈……我爱上了这个地方，爱上了这里的孩子。”

康定县塔公乡多饶干目村，距成都约 500 公里，海拔 4100 米。在终年积雪的雅姆雪山的怀抱中，在一个山势平坦的山坡上，四排活动房屋和一顶白色帐篷依山而建，这就是木雅祖庆学校简单的校舍。

时针指向清晨 6 点，牧民家的牦牛都还在睡觉，最下边一排房子窄窄的窗户里已经透出了灯光。女教师寝室的门刚一开，夹着雪花的寒风就一股脑儿地钻了进去。

草原冬季的风吹得皮肤生疼。屋子里的 5 位女教师本想刷牙，可凉水在昨晚又被冻成了冰疙瘩，只得作罢。她们逐一走出门来，谢晓君不得不缩紧了脖子，下意识地用手扯住红色羽绒服的衣领，这让身高不过 1.60 米的她显得更瘦小。

吃过馒头和稀饭，谢晓君径直朝最上排的活动房走去。零下 17.8 摄氏度的低温，冰霜早就将浅草地裹得坚硬滑溜，每一次下脚都得很小心。

6 点半，早自习的课铃刚响过，谢晓君就站在了教室里。三年级一班和特殊班的 70 多个孩子是她的学生。“格拉！格拉！（藏语：老师好）”娃娃们走过她身边，都轻声地问候。当山坡下早起的牧民打开牦牛圈的栅栏时，木雅祖庆学校教室里的朗朗读书声，已被大风带出好远了。

2006 年 8 月 1 日，作为康定县第一所寄宿制学校，为贫困失学娃娃而创办的木雅祖庆学校诞生在这山坳里。一年多过去，它已经成为康定县最大的寄宿制学校，

600 个 7 岁到 20 岁的牧民子女在这里学习小学课程。塔公草原地广人稀，像城里孩子那样每天上下学是根本不可能的，与其说是学校，不如说木雅祖庆是一个家，娃娃们的吃喝拉撒睡，老师们都得照料。谢晓君和 62 位教职员工是老师，是家长，更是保姆。

学校的老师里，谢晓君是最特殊的。1991 年她从家乡大竹考入四川音乐学院，1995 年毕业后分到成都石室联中任音乐老师。2003 年，她带着年仅 3 岁的女儿来到塔公的西康福利学校支教，当起了孤儿们的老师。2006 年，谢晓君又主动来到了条件更为艰苦的木雅祖庆学校。

三年级一班和特殊班的好多孩子都还不知道，与自己朝夕相处的谢老师其实是学音乐出身。从联中到西康福利学校，再到木雅祖庆学校，谢晓君前后担任过生物老师、数学老师、图书管理员和生活老师。每一次变动，谢晓君都得从头学起。

从成都到塔公，谢晓君不知多少次被人问起，为什么放弃成都的一切到雪山来。“是这里的纯净吸引了我。天永远这么蓝，孩子是那么尊敬老师，对知识的渴望是那么强烈……我爱上了这个地方，爱上了这里的孩子。”

最初让她来到塔公的不是别人，正是自己的丈夫——西康福利学校的负责人胡忠。

西康福利学校修建在清澈的塔公河边，学校占地50多亩，包括一个操场、一个篮球场和一个钢架阳光棚。这里是甘孜州13个县的汉、藏、彝、羌4个民族143名孤儿的校园，也是他们完全意义上的家。一日三餐，老师和孤儿都是在一起吃的，饭菜没有任何差别。吃完饭，孩子们会自觉地将碗筷清洗干净。

西康福利学校是甘孜州第一所全免费、寄宿制的民办福利学校。早在1997年学校创办之前，胡忠就了解到塔公教育资源极其匮乏的情况，“当时就有了想到塔公当一名志愿者的念头”。

辞去化学教师一职，胡忠以志愿者身份到西康福利学校担任数学老师，300多元生活补助是他每月的报酬。临别那天，谢晓君一路流着泪把丈夫送到康定折多山口。

谢晓君家住九里堤，胡忠离开后，她常常在晚上十一二点长途话费便宜的时候，跑到附近的公用电话亭给丈夫打电话。所有的假期，谢晓君都会去塔公。跟福利学校的孤儿们接触越来越多，谢晓君产生了无比强烈的愿望：到塔公去！从头再来——音乐老师教汉语。

“城市里的物质、人事，很多复杂的事情就像蚕茧一样束缚着我，而塔公完全不同，在这里，心灵可以被释放。”

谢晓君弹得一手好钢琴，可学校最需要的不是音乐老师。生物老师、数学老师、图书管理员和生活老师，三年时间里，谢晓君尝试了4种角色，顶替离开了的支教老师。她说：“这里没有孩子来适应你，只有老师适应孩子，只要对孩子有用，我就去学。”

2006年8月1日，木雅祖庆学校在比塔公乡海拔还高200米的多饶干目村成立，没有一丁点儿犹豫，谢晓君报了名。学校实行藏语为主汉语为辅的双语教学。“学校很缺汉语老师，我又不是一个专业的语文老师，必须重新学。”谢晓君托母亲从成都买来很多语文教案自学，把小学语文课程学了好几遍。

牧民的孩子们大多听不懂汉语，年龄差异也很大。37个超龄的孩子被编成“特殊班”，和三年级一班的40多个娃娃一起成了谢晓君的学生。学生们听不懂她的话，谢晓君就用手比画，好不容易教会了拼音，汉字、词语又成了障碍。谢晓君想尽一切办法用孩子们熟悉的事物组词造句，草原、雪山、牦牛、帐篷、酥油……接着是反复诵读、记忆。课堂上，谢晓君必须不停地说话来制造“语境”，一堂课下来她能喝下整整一暖壶水。

4个月的时间里，这些特殊的学生学完了两本教材，谢晓君一周的课时也达到了36节。令她欣慰的是，特殊班的孩子现在也能背诵唐诗了。

“课程很多，上课是我现在全部的生活，但我很快乐，这样的快乐不是钱能够带来的……我会在这里待一辈子。”

木雅祖庆学校没有围墙，从活动房教室的任何一个窗口，都可以看到不远处巍峨的雅姆雪山。不少教室的窗户关不上，寒风一个劲儿地朝教室里灌，尽管身上穿着学校统一发放的羽绒服，在最冷的清晨和傍晚，有的孩子还是冻得瑟瑟发抖。

“一年级的新生以为只要睡醒了就要上课，经常有七八岁的娃娃凌晨三四点醒了，就直接跑到教室等老师。”好多娃娃因此而被冻感冒。谢晓君很是感慨：“他们有着太多的优秀品质，尽管条件这么艰苦，但他们真的拥有一笔很宝贵的财富——纯净。”

这里的娃娃们身上没有一分钱的零花钱，也没有零食吃，学校发给的衣服和老师亲手修剪的发型都是一样的，没有任何东西可攀比。他们之间不会吵架，更不会打架，年长的孩子很自然地照顾着比自己小的同学，同学之间的关系更像兄弟姐妹。

每年6月、7月、8月是当地天气最好的时节，太阳和月亮时常同时悬挂于天际，到处是绿得就快要顺着山坡流下来的草地，雪山积雪融化而成的溪水朝下游的藏寨欢快地流淌而去。这般如画景致就在眼前，没有人能坐得住，老师们会带着娃娃们把课堂移到草地上，娃娃们或坐或趴，围成一圈儿，拿着课本大声朗诵着课文。当然，他们都得很小心，要是不小心一屁股坐上湿牛粪堆儿，就够让生活老师忙活好一阵子了，孩子自己也就没裤子穿，没衣裳换了。

孩子们习惯用最简单的方式表达对老师的崇敬：听老师的话。“布置的作业，交代的事情，孩子们都会不折不扣地完成，包括改变好多生活习惯。”不少孩子初入学时没有上厕所的习惯，谢晓君和同事们一个个地教，现在即便是在零下20摄氏度的寒冬深夜，这些娃娃们也会穿上拖鞋和秋裤，朝60米外的厕所跑。

自然条件虽然严酷，但对孩子们威胁最大的是塔公大草原的狼，它们就生活在雅姆雪山的雪线附近，从那里步行到木雅祖庆学校不过两个多小时。

尽管环境如此恶劣，谢晓君却觉得与天真无邪的娃娃们待在一起很快乐，她说：“课程很多，上课是我现在全部的生活，但我很快乐，这样的快乐不是钱能够带来的。”

“明年，学校还将招收600名新生，教学楼工程也将动工，未来会越来越好，更多的草原孩子可以上学了……我会在这里待一辈子。”说这话时，谢晓君就像身后巍峨的雅姆雪山，高大雄伟，庄严圣洁。

感恩寄语

这是这个世俗时代的另类家庭，他们将自己从繁华的都市、优越的生活中放逐到雪域高原之上，与刺骨的寒风、寒冷的教室、旷远的草原相伴；这是一颗颗圣洁美丽的心灵，他们的爱与奉献只有巍峨的雪山和明静的湖水才能与之相提并论，她成为几百个高原孩子的老师、家长，甚至是保姆，她放弃自己的专业成为了这些学校最需要的老师，她将自己的档案迁到康定，准备用一生在这片遥远的土地上播种希望，让更多的高原孩子上学是她最大的梦想。

高原上纯真的孩子们是谢晓君留下来的理由，但高尚的心灵是她作出奉献的最大动力。谢晓君的心灵就像高原巍峨的雪山，庄严圣洁。

这是一个信仰缺失的年代，2004 年开始，共青团中央实施了青年志愿者扶贫接力计划，组织优秀应届毕业生以志愿服务形式到中西部贫困地区支教一年。

支教一年，影响一生。可能我们无法像谢晓君老师夫妇一样在这雪山草原奉献一生，但我们至少可以为这份高尚做些什么……

"一杯鲜奶已足以付清全部的医药费!"签署人:郝武德·凯利医生。

一杯鲜奶

一个名叫赫武德·凯利的穷苦学生,为了付学费,就挨家挨户地推销货品。到了晚上,发现自己的肚子很饿,而口袋里只剩下很少的钱,他便下定决心,到下一家时,向人家要餐饭吃。然而当一位年轻貌美的女孩打开门时,他却失去了勇气,他没敢讨饭,只要求一杯水喝。

女孩看出他现在很饿,于是给他端出了一大杯鲜奶来。他不慌不忙地将它喝下,然后问道:"应该付多少钱?"而她的答复却是:"你不用付一分钱。母亲告诉过我们,不要为善事要求回报。"于是他说:"那么我只有由衷地谢谢了。"

当郝武德·凯利离开那户人家时,不但觉得自己的身体强壮了不少,而且信心也增强了。

数年后,那个年轻女孩病情危急,当地医生都束手无策,家人将她送进了大都市,以便请专家来检查她的病情,他们请到了郝武德·凯利医生来诊断。

当他听说病人是某某城的人时,他的眼中充满了奇特的光芒。他立刻穿上医生的白袍走进了女孩的病房。医生一眼就认出了她,他立刻回到诊断室,下决心要尽最大的努力治好她的病。从那天起,他特别观察她的病情。

经过一段漫长的治疗之后,她终于战胜了病魔。最后,批价室将出院的账单送到凯利医生手中,请他签字。医生看了账单一眼,然后在账单边缘写了几个字,就将账单转送到女孩的病房里。

她不敢打开账单,因为她确定,她需要一辈子才能还清这笔医药费。但最后她还是打开看了,账单边缘的一些字,引起了她的注意。她看到了这么一句话:"一杯鲜奶已足以付清全部的医药费!"签署人:郝武德·凯利医生。

她的眼中充满了泪水……

做善事不求回报时,她得到了回报。

感恩寄语

高尚的心灵只求付出,不求回报。当我们向路边残疾的乞丐送去食物时,我们没有想过回报；当小女孩用一杯牛奶帮助了一个饥饿的穷苦学生时，她没有想过回报。

不是讲求佛家的因果报应，但我们却愿意相信命运之神会眷顾善良的人，当他们遇到困难的时候，也一定会有人帮助他们。女孩在病痛时遇到了曾经帮助过的穷苦学生，于是垂危的生命得到了充分的医治，当年的一杯鲜奶抵消了所有医药费，这就是善良的回报。

让我们做一个爱与无私的传递者。获得了帮助，请不要老想着将来该如何回报别人，当下的事情是要珍惜这份帮助，尽快让自己脱离困境，并从中站立起来，这也是你给予帮助你的人最好的回报。如果你不是一个忘恩负义的人的话，你就该知道感恩，从而你会去帮助其他需要帮助的人，包括曾经帮助过你的人。

老侄子，实在对不住啊，昨天下午几个孩子把你的球鞋偷去藏在了草垛里了。今天早晨我扒草喂牛扒拉出来的。这几个孩子，不知玩的什么鬼花招。

一双球鞋

张在军

天快亮了，母亲喊起了我。妻子把背包打好了，桌子上放着一碗热腾腾的荷包蛋。我顾不得洗脸，匆匆赶到学校，和校园作最后的告别。

那群黄鹂鸟照例欢叫着欢迎我。打开教室的门，我收拾了一下讲台上的粉笔和教科书。再见了，我心爱的校园，我洒下了汗水的讲台。

回转身，我在黑板上写下了这句话：

“同学们，实在对不起大家，你们的老师违背了当初的誓言，不能教你们了。长大后，你们就会明白我离去的原因的。新来的老师会比我更优秀，他会把你们培养成人、成才的。”

写完，我拍拍手上的粉尘，锁上门，快步回家。一会儿天一亮，或许就走不成了。

时间过得真快啊。转眼间在这所学校工作了7年了。我曾经下定决心在这个偏僻的三尺讲台上站下去，可是，父母治病需要好多的钱，妹妹上学需要好多的钱。民办教师的希望还远在天边，我实在不能再这么硬撑下去了。

几天前，枣庄的好友金年兄给我找了个在煤矿当文书的工作，每周编发一期报纸，搞搞宣传，每月工资是我干教师一年的收入。父母动了心，妻子动了心，我也动了心。毕竟，我不是圣人啊。

昨天下午，我上完了最后一节课，批改完了最后一本作业，已下定决心要离开这里了。母亲为我借来了路费，打好了外出的行囊。妻子把我那双白球鞋刷干净了，晾在了窗台上。

村子里传开了开木门的声音，水桶“吱哟”的声音。东边天上的红霞越来越艳。那几颗星星越来越淡。天就要亮了。

我小跑回家，三下五除二扒拉上那碗荷包蛋，妻子去给我拿球鞋。窗台上空空的，鞋没有了。她问母亲：“你拿鞋了吗?”母亲说：“没呢。昨天下午刷好就放那里了，咋说没就没了呢？”

一家人在这里翻天倒地，大门口传来孩子的哭声。一会儿，邻居家刘三叔拽着女儿刘洁进了我家，刘洁的手里拿着我那双球鞋。孩子哭成了泪人。

母亲走过去，给刘洁擦干脸上的泪水，问她爹这是怎么了。

我也纳闷了，鞋怎么在他爷俩手里？刘三叔说话了：“老侄子，实在对不住啊，昨天下午几个孩子把你的球鞋偷去藏在了草垛里了。今天早晨我扒草喂牛扒拉出来的。这几个孩子，不知玩的什么鬼花招。”

我问刘洁为什么，刘洁哭得更厉害了：“老师，俺们几个同学听说你要走，不再教俺了，俺几个商量了，只要把你的鞋藏起来，你没鞋穿就走不成了。”

院子里的人越来越多，常会书记也从人群里走过来，紧紧抓住我的手说：“老侄子，你去枣庄的事我都知道了。看看你这个家，也真该出去闯闯了。唉，怎么说呢，只怨这帮孩子没福分摊你这个好老师，你安心走吧，家里老人有我，有大家呢。”

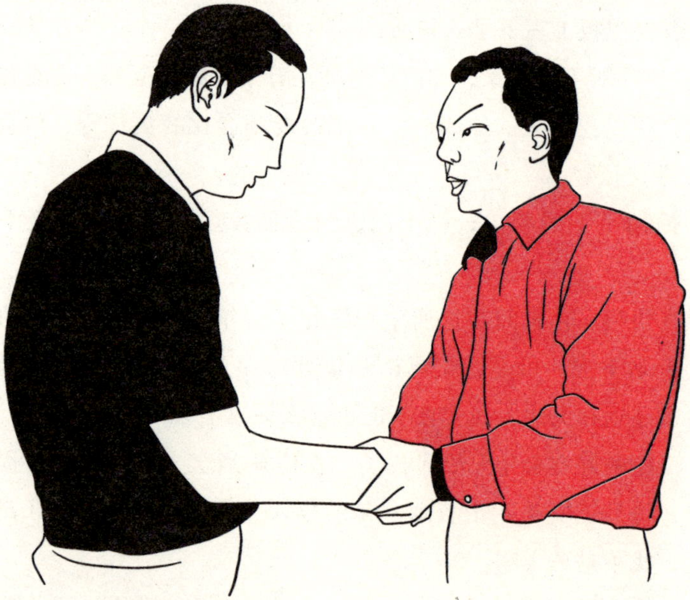

同院的人都在说着惋惜离别的话。

我鼻子一酸，泪水顺着双颊流下来了。

是的，我没有走成，还是留下来了。

这是1989年初秋的一天。

这一天，这个世界上发生了很多很多的故事。

但在这个小山村关于这双白球鞋的故事或许是独一无二的。

感恩寄语

一双普通的球鞋编织了一段感人的故事，成为了孩子们和老师一生值得怀念的往事。

在贫困的山沟里当了7年老师，高尚的牺牲精神却无法与残酷的现实相对抗。我们无法指责这位老师的离去，毕竟除了爱，这个世界还有家庭、责任和希望，每月打工的工资是干教师一年的收入，这是任何人都无法抗拒的诱惑。

但是孩子纯真的心灵和师生间真挚的感情留下了他，孩子们单纯的行为感动了已经决定离开的老师。小孩子的心是纯洁单纯的，心里想什么，就会马上行动起来。他们依恋陪伴他们成长的老师，他们热爱带给他们未来的朋友，他们把老师的鞋藏了起来，以为这样老师就走不了了。这幼稚的举动，却没有人觉得可笑。相反，这种直白的表达，和出于他们内心的真实想法，大人们也禁不住为孩子们的天真无邪所打动。老师终究没有离开，因为和山外优越的生活比起来，更能打动他的是大山里这群心灵透明的孩子们，和他不能割舍的多年的感情。

第六辑 最优秀的人是你自己

因为不自信，我们曾经放弃了多少近在咫尺的梦想；因为不自信，我们曾经失去了多少稍纵即逝的良机；因为不自信，我们曾经错过了多少一览众山小的辉煌；你可以不相信他人，别人也可以不相信你，但重要的是自己要相信自己。生命中有些事我们无法掌控，但面对能够把握的事时，我们要勇敢地对自己说：“我可以。”

当美国马萨诸塞州一个偏远山村的一家农户中传出一声响亮的婴儿啼哭时，乡村的宁静被这婴儿的啼哭声划破了。

英雄不问出处

当美国马萨诸塞州一个偏远山村的一家农户中传出一声响亮的婴儿啼哭时，乡村的宁静被这婴儿的啼哭声划破了。这个婴儿带给农户一家的既有为人父母的喜悦，又有对难以维持的贫困生活的担忧。用这个孩子后来在其自传中的话来形容，那就是“当我还在襁褓中的时候，贫穷就已经露出了它凶恶的面目”。

当这个婴儿渐渐长大，开始牙牙学语之时，父母为了维持几个孩子的温饱不得不同时打好几份工，但即使是这样，这家人依然一天只吃一顿饭、吃了上顿没下顿，时时面临饥饿的威胁。就在这个孩子刚刚记事时，他就比有钱人家的同龄孩子们懂事得多。在那时，当他稍稍感到饥饿时是不会向母亲要东西吃的，只有在感到非常饥饿时才会用一双深陷在眼窝中的眼睛观察母亲，如果看到母亲脸上的表情不是十分严肃，他就会伸出一双小手向母亲要一片面包。

贫困使得这个家中的孩子们都没能接受完整的教育，10 岁时他就不得不出外谋生，之后当了整整 11 年的学徒。学徒的工作又苦又累，如果不是被逼无奈，没有任何一对父母愿意让孩子受如此的苦难。

当结束了充满血泪的学徒生涯之后，这个孩子又到遥远的森林里当伐木工，森林离家很远，而且当地除了几名一贫如洗的伐木工之外几乎没有人烟。在森林里当了几年伐木工之后，已经长成强壮青年的他又继续依靠自己的能力干其他工作。虽然这期间的工作都十分辛苦，但是他居然利用夜间休息的时间读了千余本好书，这些书都是他在干完活后跑十几里山路从镇上的图书馆里借来的。就这样，他一边辛苦地工作，一边从书本中学习知识、汲取智慧。

无论面临怎样的困苦和艰难，他从来没有抱怨过任何人和任何事，即使是面对极不公平的待遇时他也仍然如此。

一次，他得知伐木厂附近的一家政府机构要招书记员。以他的能力和水平是完全可以胜任书记员这一职务的，于是工友们都支持他去报名，结果在报名时，一位负责人不屑一顾地告诉他：“要想成为这家机构的书记员，首先要有高等学历，同时还要有当地资金丰厚的人愿意担保。”这两项条件他都不符合。

当初拒绝过他的那位负责人可能怎么也不会想到，就这样一个几乎完全依靠自学获得知识的孩子竟然在40岁左右的时候以绝对优势打败竞争对手进入美国国会，后来，他又因为出色的政绩成为人们爱戴的美国副总统。他就是美国历史上最优秀的副总统之一——亨利·威尔逊，无论是对他本人而言，还是对于美国历史，威尔逊都创造了令世人瞩目的伟大成就。

感恩寄语

有一首古诗这样说：“自古雄才多磨难，从来纨绔少伟男。”有一首歌这样唱：“英雄不怕出身太淡薄，有志气高哪天也骄傲。”

从古至今，英雄和伟人的诞生往往伴随着痛苦与磨难。本文的主人公亨利·威尔逊出生在一个贫困的农户，子女众多、贫困不堪，从小就与饥饿相伴，上不起学，10岁起就出外打工。就是这样一个出身卑微的人，却靠自学在艰苦的工作中奋起，40岁杀入国会，最终成为美国副总统，取得了常人难以企及的成就。

苦难的出身并不能代表一生穷困潦倒，出身名门世家也未必一生荣华富贵。对于不积极进取的人，周遭的事情都能成为他们失败和退缩的理由，然而对于乐观勤奋的人，即使身处的环境再恶劣，他们也能从中坚持下来，走向成功，因为他们不为自己掌控不了的局面而迷惑，他们相信自己的力量，相信可以依靠自己的努力走出困境。

出身贫富不是自己可以选择的，这些自己不能选择的东西既然降临到身上，也不要抱怨和气馁。阿里、贝利、乔丹、“猫王”，这些闪光的名字，都是从贫民窟中走出来的，看看他们的人生，也许我们的目标会从此不同。

孩子是如此，我们的人生不也一样吗？遇到最坏的情况，那也不坏，因为“从今天起再也不会比这更坏了，只会再好起来。”

再加两个苹果

林清玄

一位小学老师对我说起，他怎么使一班小学生被改造的秘诀。

他的学生在低年级的时候遇到一个非常严格的老师，给学生的作业很多，而给学生的评价却很低。在这位老师的笔下很少有学生可以得到甲，得到乙已经很不错，有许多学生拿到丙、丁，使得学生的家长对自己的孩子都不谅解，学生对学习也逐渐失去信心了。

当这班学生升到他的班级的时候，他发现学生的学习情绪很低，每天的功课也只是勉强交差。更糟的是，学生都畏畏缩缩，小小气气，一点也没有小学生那种天真的模样。

“我开始把作业的最低分数定为甲下，即使写得糟的学生都给甲下，当然好一点的就是甲了，再好一些的是甲上。写得很不错的，我给他甲上加一个苹果，真的很用心的则给他甲上加两个苹果。”

老师所谓的“苹果”，只是一个刻成“苹果”的印章盖在甲上的旁边。

除此之外，每隔一段时间就发奖品，只要一个原来甲下的学生连得三个甲就给奖，依此类推。由于评分很宽，在每次发奖品的时候，几乎统统有奖，最小的奖是一张贴纸，最大的奖是一个铅笔盒。

这种画饼充饥的甲上加两个苹果，使原来拿丙丁的学生带回去的作业簿也有甲的佳绩，学生都变得欢天喜地，家长更是开心得不得了，非常善待那些原来被认为“顽劣的子弟”。

从此，好像变魔术一样，学生又有了开朗的笑容，天真的模样，特别是每次颁奖的时候，教室就像节日盛会一样，所有的学生全部改头换面，成为充满自信、容光焕发的孩子。

他说：“不管是什么样的孩子，爱是最好的教育，而表达爱最好的方法是欢喜、奖励与赞赏。”

我听了老师的话，心里有很深的感触。我们大多数的人经历了人生的波澜后，往往会变成严苛、冷眼的人，在我们的内心形成许多的标准，并以这些标准来评价另一个人。这些标准用来衡量身心成熟的大人，有时都感到超出负荷，何况是对一个稚嫩的孩子呢？我们应该反过来想自己的一些初心，记得我的孩子出生的时候，我紧张地在病房外面等待，那时不知道会生出一个什么样的孩子，于是我双手合十向菩萨祈求：“只要给我一个身体健康的孩子就好了。”

好不容易等到护士从里面把孩子抱出来给我看，她先把正面给我看，说：“你看，眼睛、鼻子、嘴巴、耳朵、手脚都有了。”然后她把孩子转过来给我看背面，说：“屁股、屁眼也都有了，一切正常，母子平安。”

当时我充满感恩的心，我们是多么幸运呀！生了一个四肢健全、身体健康的孩子。

大多数的父母都有过这样的经验，也就是我们对孩子的“初心”。可惜的是，等孩子长大了，万一功课不如人，我们就在心里对孩子生起嫌厌的心；如果不幸的孩子又进入“放牛班”，我们就感到无望，甚至舍弃了对孩子深刻的爱；等到孩子几年考不上大学，游手好闲的时候，简直是到了深恶痛绝的地步，恨不得孩子在我们眼前消失。

到了这样的时候，我们就失去了孩子刚诞生时那种欢喜的“初心”了。

其实，我们可以把丁提升到甲下，多给孩子甲上加两个苹果，使孩子对人生充满欢喜与热望。只要一个孩子有善良的心，那么功课差一点，读了“放牛班”、考了三年大学又有什么要紧呢？我们自己也并不是像想象中的那么杰出、那样有成就呀！我们是孩子的镜子，孩子也是我们镜中的影像，是互为镜子，互为表里的。

我很喜欢《正法眼藏》中记载磐山禅师的故事。磐山久修不悟，非常烦恼，有一天独自走过街头，看到一个人在肉摊前买猪肉，对肉摊老板说：“给我切一斤上好的肉。”

肉摊老板听了，两手交叉在胸前说：“请问，哪一块不是上好的肉呢？”磐山禅师听了当场大悟。

我们的孩子哪一个不是上好的孩子呢？真正从孩子身上看见生命的至真至美的人会发现，孩子不只配得上甲上加两个苹果，每一个孩子都是甲上加十个苹果的！

曾经有一位家长满脸愁容地来找我，因为他的孩子考试总是全班最后一名。

我说："每一个学校的每一班都有最后一名，如果不是我们的孩子，就是别人的孩子。"

"但是，这孩子怎么办呢?"

"其实，现在你可以高枕无忧了，因为你的孩子再也不会往下掉了，从今以后，他只有向上走的一条路。"

孩子是如此，我们的人生不也一样吗？遇到最坏的情况，那也不坏，因为"从今天起再也不会比这更坏了，只会再好起来。"

感恩寄语

其实，所有优秀的老师和家长都懂得：孩子是夸出来的。

苛刻的要求和过高的标准只能让孩子在一次又一次的打击中失去信心和自尊，长期在失败中长大的孩子怎么会阳光而快乐？宽容的态度和激励的语言却能让孩子在一次又一次的成功中确立自信，在爱与关怀的沐浴中长大的孩子怎么会胆怯和畏缩。

家长的期许是人之常情。不要让孩子幼小的心灵受到打击和伤害，让他们在人生之初就陷入了人生的黑夜。要努力保持自己的"初心"，不要因为孩子小小的落后便失望放弃。

每个孩子都是生命给父母最好的礼物，要怀着感恩的心去关怀，要怀着宽容的心去期待。孩子不一定是最优秀的，但只要能让自己的孩子发挥他们的优点，并鼓励孩子继续努力，争取做到更好。

小小的苹果也许不算什么，但是在孩子们的心中，这是老师对自己的肯定和赞赏，幼小的心灵也因为小小的苹果印章而有了期待，他们就会更加努力和快乐地成长。

骄横的他有生以来第一次感受到别人对他的藐视和冷漠，这让他感到无地自容，但却使他突然清醒过来，开始对自己的过去产生了悔恨和羞愧。

在“羞辱”中奋起

有一位法国小青年，由于出身于富翁家庭，自小生活环境优越，生活奢侈，整天游手好闲，不务正业，人们都认为他是没有出息的人，父亲也摇头说他不可救药。但是在一次盛大的宴会上，他被一位年轻美貌的姑娘伤害了。他邀请这位漂亮的姑娘跳舞，姑娘不仅拒绝而且羞辱他说：“请站远一点，我最讨厌你这样的花花公子。”骄横的他有生以来第一次感受到别人对他的藐视和冷漠，这让他感到无地自容，但却使他突然清醒过来，开始对自己的过去产生了悔恨和羞愧。

后来，他给家里留下一封信，悄悄地离开了家乡。信中写道：“请不要探询我的下落，容我刻苦努力地学习，我相信自己将来会创造出一些成绩来的。”果然，8 年以后，他成了赫赫有名的化学家，不久又获得了诺贝尔化学奖。

这位曾被人羞辱伤害的少年，就是在 1912 年获得诺贝尔化学奖的法国科学家维克多·格林尼亚。

美国国家安全顾问赖斯，10岁时随全家到首都游览，却因为是黑人，不能进入白宫。小赖斯备感羞辱，她凝神远望白宫良久，然后回身告诉父亲：“总有一天，我会在那房子里！”果然，25年后，从名牌学院丹佛大学毕业、已成为俄罗斯问题专家的赖斯，昂首阔步进入白宫担当了首席俄罗斯事务顾问，后又升为国务卿，成为全世界著名外交家。白宫那条歧视黑人的规定，也早已烟消云散。

美国NBA超级球星奥尼尔，当他还是一个高中生时，他崇拜的偶像是马刺队的中锋大卫·罗宾逊。在一次球赛后，苦苦等了几个小时的奥尼尔，看到偶像出来就兴冲冲走上前去，请罗宾逊签名。可是罗宾逊连正眼都没看他，扬长而去。奥尼尔气得把签字本摔在地上，大吼一声：“你有什么了不起，我将来一定超过你！”5年后，NBA球场上出现了一个超级中锋，他就是“大鲨鱼”奥尼尔，奥尼尔在球场上所向无敌，尤其见了罗宾逊，更是发狠，每次都把罗宾逊打得丢盔卸甲。

感恩寄语

对懦弱者而言，突如其来的羞辱意味着自暴自弃，意味着人生的无尽长夜。对自强者而言，意料之外的羞辱是人生的挑战，是自己重新奋起的宣言。

有一首诗写得好：“我相信有一天，我流过的泪将变成花朵和花环，我遭受过千百次的遍体鳞伤，将使我一身灿烂……”

维克多·格林尼亚如果当初没有遭到漂亮姑娘的羞辱，也许一生只会过着花花公子的生活，在前辈的余荫下混日子，获得诺贝尔化学奖只能是一个无法实现的梦想；赖斯小时候全家遭到种族歧视，如果她是一个一蹶不振的人，她可能会像绝大多数黑人一样在羞愧与自卑中度过一生，也就不会有发愤图强最后成为了美国国务卿的传奇经历；著名篮球明星奥尼尔在高中时遭遇了罗宾逊的羞辱，如果他只会自怨自艾，也就不会有努力训练，变身NBA赛场上的“大鲨鱼”的辉煌成功。

人生最大的对手，往往就是自己。如果把羞辱转化为一种力量，在沉沦中崛起，幸运之神就会降临到自己的头上。

正所谓“艺高人胆大”，无论去什么地方参加表演，哈特从来都没有怯过场，几十年来一直如此。

在最不经意的小处跌倒

哈特从小就在父亲的教导下练习心算，经过多年的刻苦训练，他终于成为一名出色的心算大师。他能够在别人刚刚说完需要计算的数字之后，马上说出正确无误的答案。即使是面对特别难的混合运算，哈特也从来没有出现过任何偏差。为此，哈特感到十分自豪。他也经常收到各地的邀请，前去进行心算表演。正所谓“艺高人胆大”，无论去什么地方参加表演，哈特从来都没有怯过场，几十年来一直如此。

这一次，他同样信心十足地站到了台前进行心算表演。台下的大多数人都是带着小型计算机来的。他们一方面是想验证一下哈特的心算技能，另一方面也想检验一下人脑与电脑哪一个反应更快。在表演期间，人们一个接一个地上台为哈特出题。上台出题的人们尽可能地出一些运算更为复杂、数字更为庞大的题目，显然他们既为哈特的心算技能所折服，又想出其不意地难倒这位从来都没有失误过的心算大师。但是他们都没有难倒他。哈特看到他们一个一个心服口服地走下台去，心里更加得意。

就在哈特备感得意之时，有一位女士走上台来。这位女士其貌不扬，但是脸上的表情却很严肃。看到这位女士，哈特想：眼前的这一位肯定又是想来难倒我，可是这只是一场游戏，何必那么认真呢？女士缓缓说出了题目内容。

“有一列火车要开往某一个地方，在始发站上一共有 6089 人上车，在经过第一个车站时下车 22 人，上车 84 人；下一个车站又下了 13 人，上了 61 人。”

听到这里，哈特不由得在心中轻笑了一下，“如此简单的加减运算题，真是幼稚得很。”

女士依然在不紧不慢地说着自己的题目，“下一站又下了 48 人，上了 39 人；再下一站下了 64 人，上了 76 人；再下一站下了 94 人，上了 77 人；再下一站下了 59 人，上了 162 人；再下一站下了 195 人，上了 67 人。”说到这里女士停了一下，哈特一副志在必得的样子，但是他愿意装作谦虚大度地对女士说：“您还可以接着提问的，请问还有吗？”

女士仍旧是一副不慌不忙的严肃样子，她说：“当然有，火车一直向前行驶，到下一站又下去295人，上来24人；再下一站下去82人，上来35人；再下一站下去673人，上来15人。”

女士又停了下来，此时哈特真希望她能说出一点更有难度的题目，因为她的题目几乎不能让哈特充分地表现自己的心算才能。但哈特依然表现得相当有礼貌，他对这位女士说：“如果题目到此为止的话，我想我现在就可以说出火车上剩下多少人了。请问您的题说完了吗？”女士看了看哈特说：“只剩下最后一句了。”然后她大声地说：“我要问的是这列火车沿途一共经过了多少站，而不是火车上还剩下多少人。”听到女士最后的这一句话，哈特一句话也说不出来了。

感恩寄语

哈特是优秀的心算家，他从接受父亲的严格教育，培养了突出的心算技能，经过了种种比赛和大场面的考验，用自己杰出的心算技能赢得了所有人的好评。长期的成功让哈特变得骄傲起来。面对着这位女士，他心存轻视。他想当然地计算着数字，却没有想到这是个非常规的问题。在并没放在心上的一次问答中，他经历了很久没有遭遇的失败。

人们为什么在大风大浪里都能顺利通行，却经常在小小的河沟里翻船？

其实很多时候不在于问题的难易，而在于人们对待事情的态度：面对大风大浪，人们会集中精力、全神贯注；而对于小河沟却少了几分小心，多了一些大意。面对重大事件，我们往往可以很好地把握和拿捏，但却更容易忽略简单的细节，在大意的小河沟里翻船。

这是生活给我们的教训，也是很多优秀者永远无法走出的迷局……

埃伦坡尖叫着："不！如果失去一条腿的话，我还不如去死！"

战胜厄运的孩子

美国作家奥格·曼狄诺曾经极力赞扬一位年仅9岁的小男孩埃伦坡，这是因为埃伦坡虽然年幼，可是他与厄运搏斗的精神和勇气却使很多人都自愧不如。

男孩埃伦坡在放学回家的途中玩耍，正蹦蹦跳跳的他被一块小石块绊了一下，他摔了一跤，就像平常的几次摔跤一样，只是蹭破了一点儿皮，埃伦坡没有在意，继续往家里走。

吃完晚饭，埃伦坡感到白天蹭破皮的膝盖处疼得很厉害，可是他仍然没有理会，"也许明天就会好的"。这天晚上他没有出去和兄弟们玩，只是一个人在卧室里玩了一会儿玩具就去睡觉了。

一觉醒来之后，腿上剧烈的疼痛感不但没有消失反而加剧了，埃伦坡感到这种疼痛感已经蔓延到了膝盖周围的一大圈地方。可是他仍然没有吱声，吃完早饭便和兄弟们一起离开家去学校了。

这天放学回来的路上，埃伦坡的腿已经明显红肿。他尽力忍着疼痛，尽量像平常一样走路。就这样他一路坚持着回到了家中。回到家时，妈妈感到埃伦坡有些异样，问他是怎么回事，可是埃伦坡坚持说自己没事。

第三天早上起床之后，埃伦坡感到他的腿疼痛极了，他发现自己的整条腿都肿了起来，而且连另一只脚也肿得不成样子了，他根本就无法穿上鞋。当埃伦坡光着脚下楼吃饭的时候，妈妈终于发现了他腿上的问题。

看到埃伦坡的腿已经成了这个样子，爸爸妈妈都很害怕，更让他们害怕的是，由于伤口发炎，埃伦坡已经出现了十分明显的高烧症状。当爸爸叫来医生的时候，母亲正在为他包扎伤口。

医生来了，看到埃伦坡一家人着急的模样，安慰他们说："不要紧的。"可是当他认真地检查过埃伦坡的那条腿时，他脸上的表情开始变得十分严肃。他告诉埃伦坡的父母："如果不锯掉这条腿的话，那么高烧就很难退下去，甚至会威胁到孩子的生命。"父母被这个消息惊呆了，他们不相信由于一次小小的摔伤，儿子就要被锯掉一条腿。可是医生告诉他们这并不是开玩笑。

当父母把医生的建议告诉埃伦坡时，他尖叫着："不！如果失去一条腿的话，我还不如去死！"医生告诉父母必须早作决定，否则孩子就会有生命危险。埃伦坡一次又一次地大叫着，不让锯掉他的腿，并且还告诉他的哥哥埃德：“你一定要保护我，不要让他们锯我的腿，等我神志不清时你必须保护我，哥哥，请你保证！”埃德答应弟弟一定会保护他的，于是埃德就站在卧室门口警惕地看着医生和父母。埃德承诺的事就一定会做到，他一直守着弟弟，不让医生锯掉那条腿。已经过去两天两夜了，埃伦坡早就神志不清并且开始说胡话，体温越来越高。医生告诉埃德：“你这是在害他。”可是埃德根本就听不进去。全家人也没有其他办法，只是不停地祷告，希望能够看到奇迹的出现。

第三天清早，医生又来看望埃伦坡，他想告诉他们如果再不采取措施，这个孩子就真的要完蛋了。可是他看到的却是埃伦坡的腿开始消肿，高烧也正在退去。医生感到吃惊极了，难道真的有上帝保佑？他给埃伦坡服了消炎和退烧的药，并且告诉家人要一直守在他身旁，如果有事情可以随时找他。第四天晚饭之后，埃伦坡从昏迷中清醒过来了，他腿上的红肿也消退了。虽然身体疲惫，可是他的目光仍然像过去一样坚定。几周过后，埃伦坡站起来了。当他拿着篮球跑到医生那里时，医生忍不住和他一起在草地上奔跑了起来。

感恩寄语

埃伦坡是一个坚强的孩子，他有着超出同龄人的理性与坚决，他用顽强的生命力保住了腿，保住了自己年轻的生命。

也许在受伤之后，年幼的埃伦坡是一个粗心的孩子，面对伤痛，他不及时处理，面对父母的询问，他还执拗地忍住，这些错误的做法使他险些失去一条腿。

但在面对即将失去一条腿的厄运时，他作出了勇敢的选择。他坚信自己的腿一定能够好起来。埃伦坡为此经历了病魔的痛苦折磨，几个星期的煎熬过后，埃伦坡恢复了健康。我们不知道这样的做法是否违背了医学的规律，但我们知道是坚强的信念和乐观的精神让上帝眷顾了这个可爱的孩子。

我们可以被打倒，但不能被打败。当厄运降临时，人们可能无法逃避，但是却可以选择将厄运击败。如果人们失去与厄运搏斗的勇气，那么厄运会随时将人们打败。是要被厄运控制于股掌之间，还是要击败厄运，全由我们的勇气和意志决定。

让我们做自己的主人吧，把握自己的命运，任何困难都不可能将我们打败。

你心闲气定地指望着被罩上太阳的影子从东往西渐渐地移动，在太阳的影子里，独自慢慢地消解着这份病痛。

这时候你才算长大

张 洁

人总是要生病的。躺在床上，不要说头疼，浑身的骨头疼痛，翻过来翻过去怎么躺都不舒服，连满嘴的牙都跟着一起疼；舌苔白厚；不思茶饭；没有胃口；高烧烧得天昏地暗；眼冒金星；满嘴燎泡；浑身没劲……你甚至觉得这样活着简直不如死去好。

这时你先想起的是母亲。你想起小时候生病，母亲的手掌一下下地摩挲着你滚烫的额头的光景，你浑身的不适，一切的病痛似乎都顺着那一下下的摩挲排走了。好像你那时不管生什么大病，也不曾像现在这样的难熬——因为有母亲在替你扛着病痛；不管你的病后来是怎么好的，你最后记住的不过是日日夜夜守护着你生命的母亲和母亲那双在你额头一下下摩挲着的长着老茧的手掌。

你也不由得想起母亲给你做过的那碗热汤面。以后，你长大了，有了出息，山珍海味已成了你餐桌的家常，你很少再想起那碗面。可是等到你重病在身，山珍海味形影相吊的时候，你觉得母亲自擀的那碗不过放了一把菠菜、一把豆芽，打了一个蛋花的热汤面，真是你这一辈子吃过的最美的美味。

于是你不自觉地向上仰起额头，似乎母亲的手掌即刻会像你小时候那样，摩挲着你的额头；你费劲地赶往干涸、急需要浸润的喉咙里咽下一口难成气候的唾液，此时此刻你最想吃的，可不就是母亲做的那碗热汤面？

可是母亲已经不在了。

你转而想念情人，盼望此时此刻他能将你搂在怀里，让他的温存和爱抚将你的病痛消解。他曾经那么爱你，当你什么也不缺，什么也不需要的时候，指天画地、海誓山盟、难舍难分，要星星不给你摘月亮。可你真是病到无法再为他制造欢乐的时候，不要说是摘星星或月亮，即使设法为你换换口味也不曾。你当然舍不得让他为你做碗汤，可他爱了你半天总记得一个你特别爱吃、价钱又不贵的小菜，在满大街的饭馆里叫一个似乎也并不难，可是你的期盼落了空。不要说一个小菜，就是为

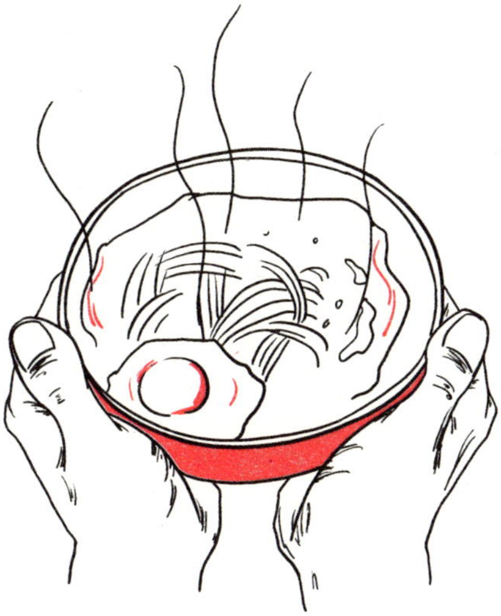

你烧壶白开水也如《天方夜谭》里的“芝麻开门”。你想求其次：什么都不说了，打个电话也行。电话就在他身边，真正的不过举手之劳。可连个电话也没有，当初每天一个乃至几个，一打就是一个小时不止的电话可不就是一场梦？

最后你明白了你其实没人可以指望，你一旦明白这一点，反倒不再流泪，而是豁达一笑。于是你不再空想母亲的热汤面，也不再期待情人的怀抱，并且死心塌地关闭了电话。你心闲气定地指望着被罩上太阳的影子从东往西渐渐地移动，在太阳的影子里，独自慢慢地消解着这份病痛。

你最终能够挣扎起来，摇摇晃晃地走到自来水龙头底下接杯凉水，喝得咕咚咕咚，味美竟如在五星级饭店喝矿泉水一样。你惊奇地注视着杯中的凉水，发现它一样可以解渴。

等你饿急了眼，还会在冰箱里搜出一块面包，没有果酱也没有黄油，照样狼吞虎咽把它硬吃下去。

当你默数过太阳的影子在被罩上从东向西移动了一遍又一遍的时候，你扛过了这场病。于是你发现，一个人关在屋子里生病，不但没有什么悲惨，相反感觉也许不错。

自此以后，你再也不怕面对自己上街、自己下馆子、自己乐、自己笑、自己哭、自己应付天塌地陷的难题……这时候你才尝到了飞跃到自由王国的乐趣，你会感到“天马行空，独往独来”比和另一个人什么都绑在一起更好。

这时候你才算真正的长大，虽然这一年你可能已经70岁了。

感恩寄语

病痛中的孤独总是让我们发现平时难以发现的东西。美好的童年回忆让我们依恋，却永难回去，母亲的爱已远走；恋爱的美好让我们向往，却虚幻如漂亮的肥皂泡，在病中希望的梦中消逝了踪影。

这个时候我们才真正长大。

我们懂得了母爱的无私，懂得了无数自己尽情享受却从不回报的岁月，懂得了母亲日日夜夜守护与一碗热汤面的意义，懂得了自己索取的无私与贪婪，懂得了离开妈妈的怀抱后自己的孤单与无助。

我们懂得了爱情的不切实际，懂得了曾经的欢爱是多么短暂，曾经的誓言是如此的苍白，懂得了病痛中我们渴望的关怀，懂得了无法得到的全身心的付出，懂得了真诚的关怀对孤独的意义，懂得了没有了爱人的照顾，还要继续生活，并且快乐地生活下去。

这样的时候，我们才算长大，曾经的磨难和彷徨也已成为了人生路上不可缺少的一道风景。

那个初秋的上午格外晴朗，她走进了我破烂不堪的小茅屋。看着我又聋又哑的母亲和失去双腿的父亲，她摸着我的头，说：“去上学吧，学费的事，我会想办法的。”

真情无言

那个初秋的上午格外晴朗，她走进了我破烂不堪的小茅屋。看着我又聋又哑的母亲和失去双腿的父亲，她摸着我的头，说：“去上学吧，学费的事，我会想办法的。”

我们送她到屋门口的那棵大樟树下，她还要到另外的几户人家去劝学。她是新分来的大学生，一到学校就教初三，就当班主任。她的名字叫孔莲莲。

孔老师的眼睛有一种魔力。上课之前，她总是把全班同学扫视一遍。这一扫，同学们的心就被吸引。她清纯靓丽，笑起来有甜甜的酒窝。牙齿雪白整齐，黑发飘飘，加上婀娜多姿的身段，仿佛童话中的公主，让人看上一眼就会滋生出无穷的愉悦和轻松。上她的课实在是一种精神的享受。因此，我们学语文的兴趣空前高涨。

转眼就到了教师节前一天。

孔老师忧郁地来到教室，望着学生一句话也说不出来。48 双眼睛望着她，一分钟，两分钟……

班长忍不住站起来说：“老师，您想说什么?”

“我……我……”一向口齿伶俐的孔老师竟吞吞吐吐仿佛做了贼一样。她努力控制自己，终于镇定下来，“你，你到隔壁班里去听听，看能听到什么，然后回教室跟大家说说。”

“好。”班长快步出了教室。

“明天是教师节，你们不富裕，老师也不让你们送什么大礼，只要你们每人出一元钱，交给学校买苹果送老师。啊，听明白了吗？怎么有人皱眉头？有意见的举手嘛！没人举手？说明你们没意见喽。明天第一节课之前把钱交给班长。不交钱不准进教室。啊，听明白了吗?”隔壁班班主任的话，班长模仿得惟妙惟肖，大部分同学都被逗笑了。

“噢，原来是这么回事，让我们猜了大半天。一元钱小意思嘛。班长，可不可以现在就交钱?”说话的是大个子杨洋，他父亲是建筑队队长。

“这——孔老师?”班长把目光转向孔老师。

“好吧，钱就交给班长，现在就可以交。”孔老师长长地出了口气。下午放学后，绝大部分同学都回家去拿钱，我也准备回去。孔老师叫住了我，说：“你就不要回去了。你那一元钱，我已经替你交了。晚上在教室里好好看点儿书吧。”

我的眼睛湿润了。

第二天下午放学时，孔老师把学校分给她的苹果悄悄地带进教室，说她不怎么喜欢吃苹果，已把苹果分成48份，每人吃一份吧。

大家吃着苹果，乐呵呵的。

孔老师把我的情况写成材料，报告给学校，要求学校为我搞一次募捐。校长不同意，说那样会耽误一两节课的时间，不宜搞这样的活动。孔老师说：“看学校日志，前几年不是搞过一次吗?”校长说：“那时情况不同，人家乡长的侄子有困难，不募捐不行啊!”

“乡长的侄子是人，农民的儿子就不是人吗?”孔老师愤愤地说。

“人当然是人，但情况不同嘛!”校长摸摸秃顶，竟然有了汗水。

“我已经向电视台打招呼了，他们明天就派人来采访。”

“啊，有电视台的人来?你怎么不早说呢?这活动就有意义了嘛!我同意搞募捐，我完全同意搞募捐!明天我来主持这活动。我现在就去通知大家作准备。哎，你本事挺大的嘛，电视台的人也请得动!”

“那有什么，同学的面子不能不给嘛!”

募捐活动很成功。我含泪讲述了自己家庭的不幸，讲述了自己求学的愿望。在《爱的奉献》的歌声中，全校师生排着队，一个一个地将他们的爱心投进了鲜红的募捐箱里。

活动结束后，孔老师把大叠零零碎碎的票子放到我手里，说：“学费已全部交清了。这剩下的100多元，留着做生活费吧。每天吃辣子粉，身体迟早会垮掉的。每天应买一些新鲜蔬菜吃，两三天买一次肉吃。用完后，我还会为你想办法。”

我接过钱，流着泪说：“孔老师，我永远记得您的恩情。”

感恩寄语

这是一个希望工程之外的故事。贫困的山区孩子幸运地遇到了天使般善良的老师，才有机会重新走进校园，有机会用学习重新改变自己的命运。

我们要赞美这位美丽而可敬的孔老师，她年轻的心充满了善良，她美丽的眼睛充满着真爱，她为向每个学生收一元钱给教师庆祝教师节而惭愧，她为一位农民的孩子每天靠吃辣子粉充饥而心急如焚，她不接受校长反对募捐的理由，她勇敢地支撑起一位贫苦孩子脆弱的自尊和可能的未来。

真爱无言。也许，因为这美丽的老师而幸运地把学业继续下去的孩子还有很多，请不要吝啬自己感恩的语言，我们的感激不一定起到怎样的作用，却至少可以安慰老师那孤独善良的心。

卡耐基认为，在与他人相处时，在与他人交换意见时，如果你是对的，就要试着温和地、有技巧地让对方同意你；而如果你错了，就要迅速而热诚地承认。这样做，要比为自己争辩有效和有趣得多。

正视别人的批评

卡耐基认为，在与他人相处时，在与他人交换意见时，如果你是对的，就要试着温和地、有技巧地让对方同意你；而如果你错了，就要迅速而热诚地承认。这样做，要比为自己争辩有效和有趣得多。

卡耐基举了自己经历的一件事为例加以说明。从他住的地方，步行一分钟，就可到达一片森林。他常常带雷斯到公园散步，雷斯是他的小波士顿斗牛犬，它是一只友善而不伤人的小猎狗。因为在公园里很少碰到行人，他常常不给雷斯系狗链或戴口罩。

有一天，卡耐基和他的小狗在公园遇见一位骑马的警察，他好像迫不及待地要表现他的权威。

“你为什么让你的狗跑来跑去，不给它系上链子或戴上口罩?”他对卡耐基说，“难道你不晓得这是违法的吗?”

“是的，我晓得，”卡耐基回答，“不过我认为它不会在这儿咬人。”

“你认为！法律是不管你怎么认为的。它可能在这里咬死松鼠，或咬伤小孩子。这次我不追究，但假如下回我再看到这只狗没有系上链子或套上口罩在公园里，你就必须去跟法官解释啦。”

卡耐基客客气气地答应遵办。

可是雷斯不喜欢戴口罩，卡耐基也不喜欢它那样，因此决定碰碰运气。事情起初很顺利，但接着却碰到了麻烦。一天下午，他们在一座小山坡上赛跑，突然又碰到了一位警察。

卡耐基决定不等警察开口就先发制人。他说：“警官先生，这下你当场逮到我了，我有罪。我没有托词，没有借口了。上星期有警察警告过我，若是再带小狗出来而不替它戴口罩就要罚我。”

“好说，好说，”警察回答，“我晓得在没有人的时候，谁都忍不住要带这么一条小狗出来玩玩。"

"的确是忍不住，"卡耐基回答，"但这是违法的。"

"像这样的小狗大概不会咬伤别人吧。"警察反而为他开脱。

"不，它可能会咬死松鼠。"卡耐基说。

"你大概把事情看得太严重了，"他告诉卡耐基，"我们这么办吧，你只要让它跑过小山，到我看不到的地方——事情就算了。"

卡耐基感叹地想，那位警察，也是一个人，他要的是一种重要人物的感觉；因此当他责怪自己的时候，唯一能增强他自尊心的方法，就是以宽容的态度表现慈悲。

卡耐基处理这种事的方法是：不和他发生正面交锋，承认他绝对没错，自己绝对错了，并爽快地、坦白地、热诚地承认这一点。因为站在他那边说话，他反而为对方说话，整个事情就在和谐的气氛中结束了。

所以，如果我们知道免不了会遭受责备，何不抢先一步，自己先认错呢？听自己谴责自己比挨人家的批评好受得多。

你要是知道有某人想要或准备责备你，就自己先把对方要责备你的话说出来，那他就拿你没有办法了。在这种情况下，十之八九他会以宽大、谅解的态度对待你，忽视你的错误——正如那位警察所做的那样。

卡耐基告诉我们，即使傻瓜也会为自己的错误辩护，但能承认自己错误的人，就会获得他人的尊重，而有一种高贵怡然的感觉。如果我们是对的，就要说服别人同意；而如果我们错了，就应很快地承认。

那么，当我们受到不公正的批评时该怎么办？卡耐基告诉我们一个办法：当你因为觉得自己受到不公正的批评而生气的时候，先停下来对自己说："等一等……我离所谓完美的程度还差得远呢！也许我该受到这样的批评。如果确实是这样的话，我倒应该表示感谢，并想办法由这里得到益处。"

感恩寄语

为了避免别人的批评，先一步承认自己的错误，给对方以重要人物的感觉，这样十之八九就能换得宽大、谅解的态度——这似乎是一种近乎狡猾的处世哲学。

面对警察严厉的指责，卡耐基并没有心甘情愿地承认自己犯下的错误，所以他再次犯错。同样一件事情，为了避免见法官的惩罚，卡耐基用首先承认自己错误的方式，反而让警察和颜悦色，他也没有受到处罚。

人与人之间的矛盾常常源于对自己错误的维护，因为即使傻瓜也习惯于护短。

所以，如果你是一个能主动承认自己错误的人，就会获得他人的尊重。

当我们做得对时，我们可以为坚持真理而战，努力说服别人同意；而当我们错了的时候，坚持只能让自己更加狼狈，承认是最容易得到原谅的态度，是赢得朋友信任的智慧。

退一步海阔天空，卡耐基所使用的方法，看起来有些消极，但效果却是积极的，我们何乐而不为呢？

我知道我爱，所以可能。在自己的路上选己所爱，爱己所选，选错了跌倒了再爬起来，就是成长。

只要你认为可能

吴淡如

虽然有时，会有很多声音，认为你不能。

最近，我有一次“奇妙”的经验，某一次演讲会之后，有一位讲话声音一直发抖的男子跑来对我说：“我……我有问题要请……请教……你……”

他接着问：“你……怎么可能……念……念……法律……之后……又考上……中文研究所……”

我偏过头注视他的眼睛，心想，你的问题在哪里？

“你怎么……可能……10 年来……每天平均写三千字……据……据我调查……你出书率是……是作家之冠……而且……而且你还要……主持节目……你还要……演讲……怎……怎么可能？”

（出书率居作家之首，有吗？因为我不是在跟大家比“多”的，所以我没注意别人的速率。又不是参加“大胃王”比赛，多的得冠军！）

我的眼神一定很困惑，这个人的问题，到底在哪里呢？

“你……上电视时……还说，你读书……时就开始……谈恋爱……那样……怎么可能？怎么可能还……还考上第一……志愿？”

我变得更加好奇，嘿，你还要多久才要说出你真正的问题。我等着，但旁边的工作人员大概有点不耐烦了，问他：“先生，你有什么问题？”

他似乎愣住了，嘴里重复着：“怎么可能，怎么可能……”

我努力帮他寻找“可能”性的问题，于是我把一个“虚拟实境”的解答告诉他：“我的每一本书每一个字都是我自己写的，这是事实，没什么不可能。”

“为什么你可以……”他锲而不舍地问同一句话。由于他耽搁了其他人的时间，有人发出不耐烦的声音，他只好离开了，不过，仍然留给我一瞥怀疑的眼光。

后来我想了想，明白了他的问题根源：他认为自己不可能做到这些事，于是也认为我不可能。我该回答他的是：我可能。

因为我从没想过，我不可能。

我不认为我做了什么不可能的丰功伟绩，我的可能很“个人”，不像华盛顿、林肯、甘地、孙中山和翁山苏姬，他们是人类的英雄，知其不可而为之（不，他们根本不知其不可才为之），背负着同时代几千万、几万万人交相咏颂的“不可能”。

做自己的英雄，所需的勇气比起这些人来说，是芝麻绿豆比大象。

但做一个芝麻绿豆的人也不容易，如果你处处扼杀自己的可能，你一定会过得很辛苦，而且一无所获。

念大学的时候，本地很流行一句批评所谓“知识分子”的话，叫做“思想的巨人，行动的侏儒”。

我认为这句话对于大部分的人来说还是恭维，其实，大多数人是“妄想的巨人，行动的瘫痪者”。想了一大堆，却只是胡思乱想，行动时则拼命告诉自己“不可能”。

我们的脑袋常分裂出看不见的敌人，来阻挡我们自己。我们才是自己最可怕的敌人，不是别人。

在我的成长过程中，我发现，别人对你说“不可能”或“你做这行没饭吃”，只是他们认为他们不可能，他们做这行没饭吃，不代表你不可能。他们不可能，关你什么事？

披头士主唱约翰·列侬的成名过程中，有个有趣的小故事。有一天，他和几个朋友在家中弹弹唱唱时，他那爱管闲事的姑妈跑来，不客气地丢下一句话：“弹吉他是不能当饭吃的。”

这句堂堂正正的教训不多久就收到反效果，没两年披头士唱片风靡全球，衣锦还乡。我猜约翰·列侬是很有幽默感和报复心的，他还带来礼物给她，一大块黄澄澄的金牌啊。

金牌上头刻着：弹吉他是不能当饭吃的。

每一次打破别人对我说的不可能（当然我先须相信我能），都是我成长的勋章。

个人的方向盘操之在己，为什么不能？走在自己要走的路上，其实一点都不苦，最苦的是走在你不要走的路上，还得在众人推挤簇拥下到达你不要去的地方。

对那些发誓登上喜马拉雅最高峰的人来说，沿途冰天雪地，哪里会让他们觉得苦，在他们眼中，处处都是天地晶莹，难得美景。

你一定会听到很多质疑，如我一样……

有一只乌鸦，嘴里衔了一块肉，碰到一只狐狸。

狐狸对它说："乌鸦啊，看你的羽毛黑黑亮亮的，你的歌喉必然也不差，今天天气真好，你为什么不唱歌呢？"

乌鸦难得听到有人对它歌喉的称赞，于是一张开嘴，肉掉了下来，狐狸一马当先抢走了。

又有一只饿狼，在原野中遇见一条狗。狗说："你应该和我回家，我的主人不曾使我挨饿，美味的食物、香喷喷的澡从没缺过。"

狼有点心动。可是在这时，它看见狗脖子有伤痕。狗说："没什么，早上我的主人牵我散步时，把我拉伤了。"狼说："哈，我还是过我那风餐露宿的日子好了。"

多年来我一直听到许多似是而非的论调。比如，为什么你不写新诗，或侦探、武侠、战争小说？为什么你学法律却不当主持正义的律师而去当（无用的）小说作者呢？为什么你不讲（有用的）励志人生成功学而专注于（无用的）两性爱情呢？为什么你写这些（五四三的）东西而自足，不去从政为妇女策划？感谢每一个期待我成为千手观音的人，我的回答只有上面两个寓言。每一个在人生路上企图做自己的人，必定遭遇由狐狸和狗发出的质疑。不是每个会打高尔夫球的人都该去竞选总统，不是吗？

先问自己，你嘴里衔了什么，还有你喜不喜欢被主人牵着走。如果你们真那么功利，那么看得起自己比别人看得起会更"有用"些。

我一直有这样的自信：研究人类谈情说爱的行为及待人接物中的奥妙的人性学，跟某些人喜欢研究某种动植物的动机一样，因为关心，因为想了解，就像梭罗喜欢观察种子与森林，劳伦兹喜欢观察雁鹅求偶行为一样，并没有比较不高级，我想也比绝大多数的从政者看来得超然而优雅高尚。

舒曼曾说，只有小提琴，组织不了一整个管弦乐团。这个世界因个人所爱不同，灿烂美丽。

我知道我爱，所以可能。在自己的路上选己所爱，爱己所选，选错了跌倒了再爬起来，就是成长。

成长是唯一的希望。

别人可能打击你，反正死狗是没人踢的，难以应付的是自己打击自己。

人很奇妙。当事情多能“操之在我”时，偏偏打击自己，事情明明“操之在他”时，又不服气，又怨天尤己，比如爱情。

爱是 X + Y 所产生的变数。我们偏要主宰，偏以为自己的意志就是命运的注定，偏要连别人手中的方向盘也要牢牢握住，尽管你根本不知道，这有两个方向盘的车要开去哪里。

不信自己能操控自己的未来，竟如此渴求自己能操控爱情，真是人性的吊诡。

一个阻碍成长的感情不是真爱，只是控制欲这个怪兽变出的异形。多少扼杀成长的刀斧，假爱之名。

在爱中，或在失去爱的时候，在频遭冷嘲热讽的低潮期别忘了，你认为你可能。

至少你会继续成长，即使，未必成功。

成长本身就是生命最丰厚的犒赏。

感恩寄语

这又是一个关于自信不自信的话题。

因为不自信，我们曾经放弃了多少近在咫尺的梦想；因为不自信，我们曾经失去了多少稍纵即逝的良机；因为不自信，我们曾经错过了多少一览众山小的辉煌；因为不自信，文中的发问者难以相信别人靠努力取得的成就。

其实，“人最难了解的就是自己”。自己会干些什么？自己能做些什么？自己能做成什么？如果连自己都不了解自己，别人怎么能够了解你呢？

你可以不相信他人，别人也可以不相信你，但重要的是自己要相信自己。没有努力，没有探索，那即使将要成功的事情就摆在眼前，我们也会让机会从身边白白溜走。生命中有些事我们无法掌控，但面对能够把握的事时，我们要勇敢地对自己说：“我可以。”

重要的不是担忧失败，重要的是早日开始。在自己的路上选己所爱，爱己所选，选错了跌倒了再爬起来。

做世间的英雄很难，做自己的英雄更难！

她没有和别人说起劫匪的眼泪，说出来别人也不相信，但她知道那几滴眼泪，是人性的眼泪，是善良的眼泪。

最后的善良

王虹莲

他是一个劫匪，坐过牢，之后又杀了人，穷途末路之际他又去抢银行。他抢的是一个很小的储蓄所。抢劫遇到了从来没有过的不顺利，两个女子拼命反抗，他把其中一个杀了，另一个被劫持上了车。因为有人报了警，警车越来越近了，他劫持着这个女子狂逃，把车都开飞了，撞了很多人，轧了很多小摊。

这个刚刚21岁的女孩子才参加工作。为了这份工作，她拼命读书，毕业后又托了很多人，没钱送礼，是她哥卖了血供她上学为她送礼，才得到这份工作。她父母双亡，只有这一个哥哥。

她想自己真是命苦，刚上班没几天就遇到了这样的事情，怕是没有生还的可能了。

终于，他被警察包围了，所有的警察让他放下武器，不要伤害人质。他疯狂地喊着："我身上好几条人命了，怎么着也是个死，无所谓了。"说着，他用刀子在她颈上划了一刀。

她的颈上渗出血。她流下了眼泪，知道自己碰上了亡命徒，知道自己生还的可能性不大了。

"害怕了？"劫匪问她。

她摇头："我只是觉得对不起我哥。"

"你哥？"

"是的，"她说，"我父母双亡，是我哥把我养大，他为我卖过血，供我上学，为了我的工作送礼，他都28了，可还没结婚呢，我看你和我哥年龄差不多呢。"

劫匪的刀子在她脖子上落了下来，他狠着心说："那你可真是够不幸的。"

围着他的警察继续喊话，他无动于衷，接着和她说着她哥。他身上不仅有枪，还有雷管，可以把这辆车引爆，但他忽然想和人聊聊天，因为他的身世也同样不幸，他的父母离了婚，他也有个妹妹，他妹妹也是他供着上了大学，但他却不想让他妹妹知道他是杀人犯！

她和他讲着小时候的事，说她哥居然会织手套，在她13岁来例假之后曾经去找一个二十多岁的女孩子帮她，她一边说一边流眼泪。他看着前方，看着那些喊话的警察，再看着身边的女孩，他忽然感觉尘世是那么美好，但一切已经来不及了。

他拿出手机，递给她："来，给你哥打个电话吧。"

她平静地接过来，知道这是和哥哥最后一次通话了，所以，她几乎是笑着说："哥，在家呢？你先吃吧，我在单位加班，不回去了……"

这样的生离死别竟然被她说得如此家常，他的妹妹也和他说过这样的话，看着这个自己劫持的人，听着她和自己哥哥的对话，他伏在方向盘上哭了。

"你走吧。"他说。

她简直不敢相信自己的耳朵。

"快走，不要让我后悔，也许我一分钟之后就后悔了！"

她下了车，走了几步，居然又回头看了他一眼。她永远不知道，是她那个家常电话救了她，那个电话，唤醒了劫匪心中最后仅存的善良，那仅有的一点善良，救了她的命！

她刚走到安全地带，便听到一声枪响，回过头去，她看到他倒在方向盘上。

劫匪饮弹自尽。

很多人问过她到底说了什么让劫匪居然放了她，然后放弃了唯一生存的机会。她平静地说："我只说了几句话，我对我哥说的最后一句话是：哥，天凉了，你多穿衣。"

她没有和别人说起劫匪的眼泪，说出来别人也不相信，但她知道那几滴眼泪，是人性的眼泪，是善良的眼泪。

感恩寄语

我们不会因为那几滴眼泪就原谅劫匪杀人、抢劫、撞车的罪恶，但那的的确确是他人性中善良的眼泪。

文中的劫匪是残酷无情的。他在走投无路的情况下，丧失了理智，他持枪抢劫储蓄所，他冷血地杀了人，最后不得不劫持人质，仓皇逃跑，路上还撞坏了很多汽车。他的凶残让我们为那个被劫持女孩的命运而担忧。

但相似的人生经历却打动了劫匪，最后一个平凡却饱含亲情的电话唤醒了劫匪仅存的善良。劫匪被女孩的话打动，竟然落下了眼泪，放了女孩，最后自杀。

那是善良的眼泪，虽然来自于令人不齿的劫匪。那滴泪让我们相信人性的本善，终会唤醒沉睡在心灵深处的美好的东西。所以，给予别人一点点关怀和热情吧，也许，我们的心灵就会温暖许多。

为了不重蹈那位助手的覆辙，每个向往成功、不甘沉沦者，都应该牢记先哲的这句至理名言：“最优秀的人就是你自己！”

最优秀的人是你自己

古希腊的大哲学家苏格拉底在临终前有一个遗憾——他多年的得力助手，居然在半年多的时间里没能给他寻找到一个最优秀的闭门弟子。

苏格拉底在风烛残年之际，知道自己时日不多了，就想考验和点化一下他的那位平时看起来很不错的助手。他把助手叫到床前说：“我的蜡所剩不多了，得找另一根蜡接着点下去，你明白我的意思吗？”

“明白，”那位助手赶忙说，“您的思想光辉是得很好地传承下去……”

“可是，”苏格拉底慢悠悠地说，“我需要一位最优秀的承传者，他不但要有相当的智慧，还必须有充分的信心和非凡的勇气……这样的人选直到目前我还未见到，你帮我寻找和发掘一位好吗？”

“好的。”助手很温顺地说，“我一定竭尽全力地去寻找，不辜负您的栽培和信任。”

苏格拉底笑了笑，没再说什么。那位忠诚而勤奋的助手，不辞辛劳地通过各种渠道开始四处寻找了。可他领来一位又一位，都被苏格拉底一一婉言谢绝了。有一次，当那位助手再次无功而返地回到苏格拉底病床前时，病入膏肓的苏格拉底硬撑着坐起来，拍着那位助手的肩膀说：“真是辛苦你了，不过，你找来的那些人，其实还不如你……”

“我一定加倍努力，”助手言辞恳切地说，“找遍城乡各地、找遍五湖四海，我也要把最优秀的人选挖掘出来，举荐给您。”

苏格拉底笑笑，不再说话。半年之后，苏格拉底眼看就要告别人世，最优秀的人选还是没有眉目。助手非常惭愧，泪流满面地坐在病床边，语气沉重地说：“我真对不起您，令您失望了！”

“失望的是我，对不起的却是你自己。”苏格拉底说到这里，很失意地闭上眼睛，停顿了许久，才又不无哀怨地说：“本来，最优秀的就是你自己，只是你不敢相信自己，才把自己给忽略、耽误、丢失了……其实，每个人都是最优秀的，差别就在于如何认识自己、如何发掘和重用自己……”话没说完，一代哲人就永远离开了他曾经深切关注着的这个世界。

那位助手非常后悔，甚至自责了整个后半生。

为了不重蹈那位助手的覆辙，每个向往成功、不甘沉沦者，都应该牢记先哲的这句至理名言：“最优秀的就是你自己！”

感恩寄语

谦逊是美好的品德，但自信才是人类走向未来的明灯。

因为缺乏自信，很多人失去了可贵的机会。其实，苏格拉底并不是真想找一个弟子，他只是想在临终前要他的弟子明白一个道理：最优秀的人就是你自己。可是谦虚而敬重老师的弟子在一次又一次的寻找过程中仍然没有懂得苏格拉底的用意，苏格拉底临终前告诉了让他这么做的原因，弟子为此后悔了半生。

我们都曾在忙碌中向往很多事情，追逐自己欣赏的人，却忘了审视自己。在忙碌追求别的事物中迷失了自己，失去了自我。

也许你已经足够优秀，可是缺少的是足够的自信，和承认自己的勇气。每个人都是最优秀的，差别就在于如何认识自己、如何发掘和重用自己。

做自信的人，走勇敢的路！